WEB CITY SINCE 2000

異世界じゃスローライフはままならない 1
～聖獣の主人は島育ち～

ALPHA LIGHT

夏柿シン
Natsugaki Shin

アルファライト文庫

登場人物紹介 CHARACTERS

アモン

ライルの前世の愛犬。
彼を追って世界の壁を越え、
聖獣となった。

ライル

自然を愛する元島育ちの青年。
子供を助けて命を落とし、異世
界に転生した。

ノクス

森で倒れているところをライル
に助けられたカーバンクル。

シャリアス
ライルの祖父。
聖獣の森を管理する
エルフ。
ヒューゴ
ライルの父。凄腕の冒険者
だったが、現在は狩りで生
計を立てている。
リナ
ライルの母で、聖魔法を
扱う優秀な医者。

バーシーヌ王国
古龍の山脈
草原
王都
トレック
ガーボルド
海
混沌の森
森の民の村
海
アイガン
聖獣の森

プロローグ

「ケイコおばさーん！　荷物届いたよー」

開いたままの玄関に入り、奥に声をかける。

住人全員が顔見知りであるこの島では、戸締まりなんて習慣はほとんどない。

「蓮ちゃんお疲れ様！　いつもありがとね。パパイヤ持っていって、アモンちゃんと食べてね」

知り合いのケイコおばさんから島名物のパパイヤをおすそわけしてもらった俺は、海沿いの一本道を車で走る。

青い空、白い雲、エメラルドグリーンに輝く海。

絵に描いたような景色の広がるこの地が俺、夏目蓮の生まれ育った島だ。

人口はたったの五十三人。本州からの船は週に二回しか来ないし、東京からは飛行機と船を乗り継いで二十時間以上かかるほどの田舎だが、俺はこの島が大好きだ。

俺は物心つく前に両親を事故で亡くしている。

それからは祖父と二人暮らしだったけれど、島の人みんなが俺にとっては親戚のようなものなので、寂しくはなかった。

祖父も俺が中学を卒業する前に他界してしまったが、村長が後見人になってくれて、島のみんなもいろいろと助けてくれた。

その後、多くの人に都会に出て就職することを勧められたものの、大好きな故郷を離れたくなかった俺は、島に残り翻訳の仕事をしつつのんびり過ごしている。

目的地の役場に着き、パパイヤを積んだ車を降りて入り口に行くと、一匹の柴犬が嬉しそうに俺を迎えた。名前はアモン。今となっては唯一の俺の家族だ。

二年前に仕事で本州を訪れた時にたまたま出会ったアモンは最初、体が小さく弱かった。ご飯もあまり食べないし、出かけることもできないので、俺はできる限りそばを離れないようにしていた。

だが、今では元気になって普通の柴犬よりも大きいくらいだ。

「今日はパパイヤをもらったからな。帰ったら一緒に食べような！」

そう言いながら、きれいな茶色の毛を頭から尻尾まで撫でてやる。

パパイヤが大好きなアモンは、くるりと巻いた尻尾をふりふりと揺らした。

役場に入ると、色黒のおっちゃんが一人で仕事をしていた。

この島の村長だ。

「村長、今日の分終わったよ」

「おお、いつも悪ぃな。お前も仕事あるのに」

俺は役場に勤めているわけではない。

だけど小さな島で人が少ないので週に二回、船が来る時に荷物や郵便を届けるのを手伝っている。

「別に俺は大丈夫だよ。今日は仕事の予定はないし」

「おっ！　だったら午後から悟を船に乗せる約束してるんだけど一緒にどうだ？　悟も喜ぶしさ」

悟というのは村長の孫だ。小学三年生で普段は神奈川に住んでいるが、先週から島に遊びに来ており、なぜか俺に懐いている。

「行きたいんだけど、午後から風がちょっと強くなるかも……」

「本当か!?　こんなに天気がいいのに……だが蓮が言うなら間違いないか」

「うん。今日はダメだね。さっき陸揚げの時に港のみんなにも伝えてきたよ」

「ありがとう。仕方ないが悟には竹トンボで我慢してもらうか」

今時の都会の子が竹トンボで我慢できるとは思えないが、俺は余計なことは言わずにアモンと家に帰った。

島がざわついている。こういう時は家で座禅をするに限る。

そうすると島も自分も落ち着く気がするからだ。

アモンもいつものように横で目を閉じている。

その時、俺の携帯が鳴った。村長の家からだ。

「もしも……」

「悟を見てない⁉　どこにもいないのよ！」

電話に出るなりそう叫んできたのは、村長の奥さんだった。

動揺しているようなので、落ち着くまで待ってから話を聞く。

彼女の話によると、どうやら村長が船を出せないことを悟に伝えたところ、家を飛び出してしまったらしい。それから行方がわからなくなっているようだ。

俺はそっと目を閉じて深呼吸する。

……あそこだ！

思い当たった場所を村長の奥さんに伝えて電話を切る。

急いで車に乗ると、なぜかアモンがついてきた。

「アモンも心配か？」

俺は助手席のアモンの頭を撫でて車を出した。

目的の場所に到着すると、ちょうど村長と悟の両親が来たところだった。

「おい蓮！　見当たらないぞ！」

「こっち！」

焦った様子で叫ぶ村長を横目に、俺は迷わず近くの崖に向かい、下を覗き込んだ。男の子が膝を抱えてうずくまっている。

「悟っ！　大丈夫？」

俺が声をかけると、悟は泣きそうな顔をこちらに向けた。

この崖は高さ約七メートル。地面から五メートルほどのところに半畳ほどの広さの出っ張りがあり、潮が引いている時であれば砂浜を歩いて、近くの岩を経由してよじ登ることができる。

悟がいたのはこの出っ張りだ。おそらくここで拗ねていて、気付いたら潮が満ちて下りられなくなったのだろう。強い風が吹き海は荒れて、潮はすぐ下まで迫っていた。

悟がいる場所から上まで二メートル以上あるので子どもではよじ登れないが、大人であればなんとか上り下りできる。俺は崖を下りて「もう大丈夫」と悟を軽く抱きしめた。

怖かっただろうに。間に合って良かった。

その場で村長たちに彼の安全を告げ、悟を抱き上げて、上にいる彼の父親――カズ兄に受け渡そうとする。

悟を高く抱え上げると、カズ兄が上から悟の脇に手を入れた。

カズ兄がしっかり持ったのを確認して、声をかける。

「こっちは離すよ？」

「大丈夫だ。よっこらしょ！」

カズ兄のかけ声に合わせて悟を上に押し上げて手を離したその時――右足の足場が崩れ、俺は体勢を崩した。景色がスローモーションになった。

何か掴めるものを探し手を伸ばすが、その先にあるのは悟の小さな足だけだった。

これは掴めねぇな……

崖上から覗いていた村長が俺の名前を叫んでいる。

誰も来ないと思っていた中学の卒業式に、村長が保護者として来てくれた。

それどころか島で手が空いている人はみんな、わざわざ隣の島の中学校なのに来てくれたんだ。

「お前は島の子だから当たり前だ」と言われた。

島のみんなの顔が浮かぶとか……走馬灯じゃん。

「ワンッ！　ワンッ！　ワンッ！」

アモンの鳴き声が聞こえる。車で待ってろって言ったのに出てきたのか。

アモンと家族になる時に一人にしないと約束した。毎日のように「ずっと一緒だ」と声をかけてきた。それなのに……

やり残したことはたくさんあるけど、何よりアモンを一人ぼっちにするのが辛い。

ごめんな……約束守れなくて……

海に落ちると離岸流にさらわれた。アモンの声があっという間に遠のく。

最後に一瞬温かい光に包まれたような気がして、意識が途絶えた。


「聞こえるかの？　夏目蓮くん」

名前を呼ばれ、俺はゆっくり目を開ける。

目の前には白い長髪に髭を蓄えた老年の男性が、机に肘をついて微笑んでいる。

書斎なのだろうか。彼の後ろは壁一面に本が並べられていた。

気付けば俺は、男性と向かい合うようにして椅子に座っているが、いつの間に座らされたのだろう。

俺って海に落ちて波にさらわれたよな……確実に死んだと思ったんだけど……

「儂の名はカムラ。地球とは別の世界で輪廻を司っている神だ」

輪廻……ってことはやっぱり死んだのか。

確かに見た目はいかにも神様っぽいじいさんだが、周りの風景が普通すぎて、説得力がない。こういうのって普通は真っ白な空間とかなんじゃないのか？

「ふぉっふぉっふぉ！　できなくはないがの」

そう言って神様が指を鳴らすと、本棚や机は消え真っ白な空間になった。

というかこの神様、心が読めるのか！

とはいえ、このまま黙っているのもなんなので、俺は口を開く。

「失礼しました、カムラ様。初めまして、夏目蓮です」

俺の挨拶を聞いた神様はニッコリ笑って頷き、もう一度指を鳴らした。すると、元の書斎のような景色に戻った。

「何もないと落ち着かないし、仕事もできんからのぉ。あと敬語は不要じゃぞ。カムラと呼んでくれ」

「なら……カムラ、死んでここに来たということは、俺は審判でも受けるのか？　それとも異世界にでも送られるのか？」

離島にだってネットは通じている。ネット小説はたくさん読めるし、アニメだってサブスクで見放題だ。むしろ俺は幼少期にそういった文化に触れられなかった反動と、他に娯楽がないせいで大人になってからのめり込んだ。

だから異世界ファンタジーだって免疫ありありなんだ。

「地球は便利だからのぉ。まぁ察してる通り、儂らの世界に転生してもらうのだ」

「その言い方だと選択肢はなさそうだな。何か理由があるのか？」

するとカムラは神妙な顔でじっと俺を見つめた。

俺は緊張（きんちょう）して唾（つば）を呑（の）み込む。

そして――

「ごめん！　手違いで地球に生まれちゃってた！　テヘッ☆」

カムラはそう告げた。

静寂（せいじゃく）が訪れたが、俺はすぐに我に返る。

「いやいやいやいや！　何言ってるかさっぱりわかんないんだけど」

手違いで地球に生まれちゃってたって誰が？

その疑問にカムラが答える。

「実はのう……そもそもお主（ぬし）の魂（たましい）は儂らの世界を輪廻していた魂なのじゃよ。つまりお主は地球に生まれるはずではなかったのじゃ」

「俺は元々異世界人ってことか？」

「そうじゃ。夏目蓮として地球に生まれる前、お主の魂はこちらの世界で生まれて死んだ。じゃが輪廻の際に誤（あやま）ってお主の魂が地球に行ってしまったんじゃ。あとで時空の歪（ゆが）みが原因だとわかったのじゃが……」

「それってまずいのか？」

異世界ものの小説などでは、時空の歪みとか裂（さ）け目から転移して、その後無双（むそう）することはよくある展開だった。

しかし、カムラは首を横に振る。

「まずいな。その理由の一つとして、こちらの世界には魔法が存在することが挙げられる」

「それってどういうことだ？　俺も転生したら魔法が使えたりするのか？」

「使えるからまずかったのじゃ。魔法の資質は魂によるところが大きい。そして、その資質は主に輪廻の中で磨かれるものじゃ。逆に言えば魔力のほとんどない地球で輪廻する魂は魔法の資質をほとんど有していない。お主は優れた魔法の資質を持つ魂を宿しているが、思い当たることがあるのではないか？」

そうだ、俺は小さい頃から島に起きる変化を体で感じることができた。

海や空が荒れる時は感覚でわかった。

島のみんなは「巫女さんの血でも引いてるのかもね」なんて言っていたが、その感覚は年を重ねるにつれどんどん鋭くなり、最近では目を閉じて集中すると島のどこに誰がいるかわかるようにまでなっていたのだ。

悟を見つける時にもその力を使っていた。

カムラは俺の心を読み取ったのか、一つ頷いて続ける。

「気を感じておったのだな。地球にもそういう人間はおるだろうが、お主ほど敏感なのは極めて稀じゃろう」

気――生命エネルギーとでも言えばいいのだろうか。大地や大気を流れる力、生きとし生けるものが放つ波動、物に込められた念……言語化しようとすればするほど胡散臭く聞こえるかもしれないが、要は人の気配だって気だし、神社とかに行くと神聖な感じがするのだって気だ。

「こっちの世界だと当たり前なのか？」

「鍛錬を積んだ者ならな。じゃがお主は魔力を介さずに、たったの二十五年で島全体のエネルギーの流れを掌握できるようになった。それだけ資質の優れた魂なのじゃ。あのまま年を重ねていたら一体どうなっていたことやら……」

まぁ、それが異常なことは自分が一番感じていたけど……

「もしかして、だから俺は死んだ？　地球にいるべき魂じゃないから？　これ以上力が増して、地球に害を……」

「いやいや、いくらなんでもそんなことはせんよ。他世界の神である儂に、地球に生きる者の生死に干渉する権利はないしな。そもそもお主が地球に転生したのも、儂の手違いじゃし。だから今回のことは完全に事故じゃ」

カムラは慌てて否定し、さらに話を続けた。

「時空の歪みから魂が溢れてしまうのは、稀にだが起きることなんじゃ。輪廻の神である儂の仕事は死んだ魂をピックアップして転生させることじゃが、今回のような事故を防ぐのも本来は儂の役目。すまなかったな」

「別に謝る必要なんかないよ。島のみんなは俺の妙な力に勘づいてたけど、変わらず接してくれてたし」

「そう言ってもらえると助かる。お詫びと言ってはなんじゃが、今回の転生では少しだけお主が生きやすいようにしておこう」

カムラは安心したように微笑んだ。

それからカムラと転生についていくつか打ち合わせした。カムラはお詫びとして夏目蓮の記憶と経験の引き継ぎを約束してくれた。お詫びしてもらう必要はなかったが、嬉しい特典なので素直に受け取る。

そしていよいよ転生の時が来た。

「いろいろ世話になったね。ありがとう」

「大したことではない。儂が注意したことを忘れずに、新しい人生を謳歌するのじゃぞ！」

カムラがそう言って指を鳴らすと、俺の体は光に包まれた。

俺の新しい人生の幕が開く。

◆

僕は体が弱かった。

他の子はいっぱい食べて走り回ってるのに、僕にはそれができなかった。

ある日、いつもご飯をくれるおじさんが「これはもうダメだな」と言って僕をお家から連れ出した。

連れて来られた場所は、なんだか冷たいところ。

そこにいる僕以外の子は、みんな悲しそうな顔をしてた。

おじさんから僕を預けられたお姉さんは優しかったけど、僕をかわいそうな目で見ていた。

あぁ……きっと僕はここで終わるんだなぁ……

なんとなくだけど理解していた。


そんな僕の前に一人の男の人が現れた。

僕をじっと見てお姉さんに何か言っていた。

扉が開くと、男の人は僕を撫でて「もう大丈夫。今日から俺が家族だ」って言った。

その時の僕はまだその人が言ってることはよくわからなかったけど、撫でてくれた手がとっても温かかったんだ。

こうして蓮との生活が始まった。蓮は彼が寝てる時も、ご飯を食べてる時も、仕事してる時も、いつも僕の近くにいた。

少し出かける時は「すぐに帰ってくるからな」って必ず声をかけてきた。

僕は相変わらず体が弱かったけど、前よりは辛い気持ちになることが少なくなった。

蓮はいつも僕を撫でながら「ずっと一緒にいるからな」って言ってくれるんだ。

だから僕も「ずっと一緒だよ」って言うんだ。

伝わってるかはわからなかったけどね。


ある日、夜ご飯を食べたら全部吐いてしまった。

気持ち悪くて、息はハァハァと荒くなってしまう。立ち上がることもできなかった。

蓮はすぐに気付いて、僕を隣の島の獣医さんのところに連れていこうとした。

だけどその日の海は大しけ。船を出せる状況じゃなかった。

家の中で蓮は「大丈夫だ、頑張れよ」って言いながら、一晩中僕を抱きしめてくれた。

そうしたら体が温かくなって、辛いのがなくなってきたんだ。

気が付いたら僕は眠っちゃってた。

目が覚めたら、今まで辛かったのが全部どっかに行っちゃったみたいに体が軽かった。

朝になって獣医さんのところに行ったけど、「今までで一番元気じゃん」って驚いてたよ。

それから僕はとっても元気になったんだ。

ご飯をいっぱい食べられるようになり、オヤツのパパイヤやバナナが大好きになった。

お出かけだってできるようになって、島のみんなと友達になれた。

山にも蓮と一緒に何度も登った。

山の上から見る島の景色はとってもきれいで、僕はこの島が大好きになった。

それもこれも蓮が島に連れてきてくれたから。

あの冷たい場所から連れ出してくれたからだ。


ある日、蓮と一緒にいつものように座禅をしていた。

最初はすぐ眠くなってたんだけど、真似(まね)してるうちに島の動物たちや山や海の声が僕にも聞こえるようになってきた。

すると突然、蓮の携帯電話が鳴った。

どうやら悟くんがいなくなったらしい。悟くんは村長さんの孫なんだって。

島の外から遊びに来てて、僕も遊んであげたことがある。

蓮は悟くんを捜(さが)しに出かけるみたい。来いとは言われなかったけど、僕は心配だったのでついていった。

蓮は「アモンも心配か?」って頭を撫でてくれた。

やっぱり蓮は僕の気持ちがわかってるね!


目的の場所に着くと、蓮に車で待ってるように言われたので、僕は窓から様子を見ていた。

悟くんはすぐ近くの崖下にいたらしい。

蓮が村長さんたちに悟くんの無事を伝えているのが聞こえてきて、僕は安心した。

その時、何かが崩れるような音がして村長が蓮の名前を叫んだ。

僕は窓から飛び出して鳴いた。

蓮! 何があったの!?

崖に行くと、蓮が海に落ちて流されていた。

僕は海に飛び込んだ。迷いなんかなかった。

だって大事な家族だから。

約束したんだ。ずっと一緒って。

僕は必死でもがいた。

でも、蓮がいる方向がわからなかった。

蓮! 蓮! 蓮! どこにいるの!?

叫んだ口から水が入った。

だんだんと力が入らなくなり、体が海に沈(しず)む。

もうダメかと思った。

だけど海の中で光が見えたんだ。

僕は光に向かって必死に進んだ。

蓮。今行くよ。

第一章　辺境(へんきょう)の少年と聖獣になった柴犬

ゆっくりと目を開けると、知らない天井……ではないな。昨日までの記憶はちゃんとある。

俺の名前はライル。

前世では夏目蓮という名だったが、事故で死んでこの世界に転生した。

転生したのは三年近く前だが、今朝(けさ)までは前世の記憶はなかった。

俺は転生前の出来事を思い返す。

輪廻の神であるカムラと打ち合わせした際、最初に議題となったのが前世の記憶の覚醒(かくせい)

時期についてだった。

俺は当初、転生後すぐに記憶が覚醒することを希望した。授乳やおむつ替えに対して抵抗はあるが我慢できないほどじゃない。それよりも新しい世界への好奇心の方が強かった。

だがカムラは難色を示した。

俺の言語習得能力が異常に高いことが問題らしい。

異常とは心外だ。確かに前世の俺は翻訳の仕事をしていたこともあって四ヵ国語を習得していたが、グローバルな時代なんだから珍しくはない。

そんな心の声はもちろん神様にはただ漏れだ。

「お主の能力なら記憶が覚醒して一週間もせずに周りの会話を理解できるようになるだろう。筋肉の発達次第では、這いずるより先に流暢に話し始めるかもしれないな。そんな赤子をどう思う？」

「気味が悪いな」

言葉は悪いが素直にそう思った。

「そうじゃろ。理解してても喋れないふりをして、何か伝えたい時は泣く。タイミングを見てあーうーと言葉を発して少しずつ喋れるようになる演技をする。お主にできるか？」

「ごめんなさい」

そこまでは想像が及ばなかった。

だけど、自我が形成されてから記憶が戻るのは不安なんだよな。

「安心せい。覚醒する時に記憶を統合させる。だから前世の記憶を思い出したら、転生後のその日までの記憶が飛ぶなんてことは起きないはずじゃ」

「わかった。それでもなるべく早い方がいいな」

「三歳くらいはどうかの？　お主なら記憶が覚醒してなくとも、その時点で普通の子よりしっかりしてるじゃろうし、周囲に違和感は与えないと思うぞ」

通常、転生時に前世の記憶や経験は魂から消去する。だが今回はそれを引き継いだまま転生させて、一時的に眠らせた状態にするらしい。つまり覚醒していなくても、魂には確かに夏目蓮としての記憶が刻まれている。それにより、人より早く精神や脳が発達する可能性があるそうだ。

「魂ってのは重要なんだな」

「お主は今こうして魂だけで儂と会話しておるわけだしのぉ」

そんなこんなで俺の記憶覚醒は三歳に決まった。


そして今日に至るわけだ。俺はあと二ヵ月で三歳になる。

てっきり三歳ちょうどで覚醒すると思っていたが、少し時期が早まったようだ。

ライルとしての今までの記憶もちゃんとある。なんだか不思議な感覚だが、違和感というほどではない。これも神様のなせる業なのだろう。

部屋を出ると、銀色のきれいなロングヘアをポニーテールにまとめた女性がキッチンに立っているのが見えた。

「お母さん、おはよう」

俺の母親——リナに挨拶するが、ちょっと声がうわずってしまった。

「ライル、おはよう。今ご飯の支度をしてるからね」

「わかった。お父さんは？」

「庭で鍛練してるわよ。もうすぐご飯ができるから、水浴びして戻ってくるように伝えてもらっていい？　ライルも顔を洗うのよ」

「うん！　行ってくるね！」

俺は昨日までのライルの記憶を頼りにできるだけ子どもらしく返して、庭に出た。

庭では上半身裸の父——ヒューゴが朝日に向かって一心不乱に素振りしている。

その体は長身で筋肉質だ。

我が家は父さん、母さん、俺の三人家族。

父、ヒューゴは狩人で、近隣で魔物を狩ったり薬草を採取したりして生計を立てている。

母のリナは医者だ。聖魔法が得意で薬学の知識があるので、家の一角を診療所にして仕事をしている。

「お父さん、おはよう。もうご飯できるってよ」

「おぅ！　おはようライル！　今日も天使のように可愛(かわい)いなっ！」

おいおい、娘ならともかく息子に言う台詞(せりふ)かよ……

そんな親バカな父は、近くに用意してあった桶(おけ)の水を頭から被(かぶ)った。

俺も隣の桶の水を手ですくい、顔を洗う。

「冷たくて気持ちいい」

思わずそう言うと、父さんはニッカリと笑って言う。

「母さんの用意した水は最高だよな！」

父さんは自分の短い黒髪をくしゃくしゃとしながら、風魔法で髪を乾(かわ)かし始めた。

父さんと一緒に家の中に戻ると、食卓にはすでに朝食が並べられていた。

鍛錬で喉(のど)が渇(かわ)いていたらしい父さんに、母さんが冷たいミルクを注いで渡しながら尋(たず)ねる。

「ヒューゴ。今日ハルカゼ草(そう)を採(と)ってきてもらえる？」

「ん？　いいけどあれって薬になるのか？」

「そろそろ聖獣様の祠(ほこら)に行く準備をしないといけないでしょ？　まさか忘れてたの？」

　父さんはハッとした顔になる。

「忘れてない！　忘れてないが、思い出せなかっただけだ！」

　言ったそばから矛盾しているな。母さんも「全く……」と呆れている。

　聖獣様とは、俺たちが住む村の裏に広がる森の主のような存在だ。聖獣様がいることで森の気が整い、聖獣様が強力な魔物を餌とすることで森の生態系が安定すると言われている。

　そこまではライルとしての記憶でわかっていたが、祠があるというのも、そこに行くというのも初耳だった。

　俺は母さんに尋ねる。

「聖獣様の祠に何しに行くの？」

「ライルはもうすぐ三歳になるでしょ。この村ではその年になると聖獣様に日頃の感謝を伝えて、これからもずっと健康で幸せでいられますようにってお願いをするのよ」

　ふむ、どうやら七五三的なものらしい。

「ライルは初めて村から出るんだぞ。楽しみか？」

　俺が「うん！」と頷くと、父さんは頭を撫でてくれた。


　朝食を終えると父さんは狩りに行き、母さんは診療所の支度に向かった。

俺はその間一人になるが、診療所と家は繋がっているので何かあればいつでも母さんを呼べるようになっている。

俺は自分の部屋に戻った。

やはり不思議な感覚だ。俺は転生するにあたり詳しくこの世界の説明を受けたわけではなかった。だけど、昨日までのライルの記憶があるので、この世界を当たり前のように受け入れることができている。ふと、自分の体の中に意識を向けると前世にはなかった温かい力を感じる。それが魔力なんだということは感覚でわかった。知識がなくとも常識として受け止めているのだ。

それとは別に顔に火照りを感じて枕に顔を埋めた。

「お母さん……お父さん……」

俺は今日、初めて誰かをそう呼んだんだ。

ライルは昨日もその前の日も当たり前のように呼んでいたけど、前世の記憶が戻った今日の俺には特別なことだった。緊張して声がうわずってしまうほどだ。部屋にあった鏡を見ると、そこには母さんと同じ銀色の髪の男の子がいた。瞳の色はグリーン。母さんも薄いグリーンだけど、俺のは父さんと同じ緑だ。

俺は自分の顔を見て嬉しくなった。この顔があの人たちの子どもである証明だったから。

俺には前世の記憶がある。だけど紛れもなくヒューゴとリナの子どもだ。なんだかくすぐったいけれど、温かい気持ちになった。

「家族なんだ……」

そう口に出した瞬間に胸の奥がズキッとした。

一人にしてしまった大切な家族のことを思い出した。

朝食後、俺は少し休んでから部屋を出た。リビングに行き、壁に並ぶ母さんの本を手に取ってみる。まず俺に必要なのは情報だ。

別に俺にはこの世界でのし上がりたいとか、有名になりたいという考えはない。島にいた時のように田舎でゆっくり過ごしたい。だからカムラにものどかな場所への転生を希望した。

のんびり過ごすだけなら情報とか必要ないじゃん、なんて思ったら大間違いだ。スローライフを守るために情報と力は必須(ひっす)である。なぜなら田舎で無知だと、知らないうちに損(そん)をするから。

価値のある土地を買い叩かれるかもしれない。

都会には作りたくない施設や使えない人材を押しつけられるかもしれない。

不利な条件で商取引させられるかもしれない。

前世でいた島にも離島ブームの影響でそういう輩(やから)がちょくちょく現れて、その度にお引き取りいただいた。

俺はまだこの世界の仕組みどころか村の情勢もわからないが、のんびりしているだけではダメなのは確かだ。田舎だからこそ、自分たちの生活は自分たちで守らなきゃいけない。

だが情報収集といっても、俺はまだ三歳にもなっていない。

前の世界のようにネットがあるわけでもない。転生してなんでも調べられる便利なスキルを得た……なんてこともなかった。だったらやはり本を読むしかないだろう。

幸いにもこの世界は識字率が高く、紙の本が普及していた。

そしてカムラが言った通り、俺は言語習得が得意だったようですでに文字を読むことができた。というか昨日までのライルよりもスムーズに読める。これがカムラの言っていた経験の引き継ぎなのだろう。

この世界には魔力を使う魔法の他に、スキルが存在する。スキルは血統、鍛錬などで習得する力で魂に刻まれるものらしい。カムラは【言語習得】や【速読】など、こちらの世界での取得条件を満たしているものをスキルに変換して残しておいてくれたのだ。

前世では独学で習得した速読だが、スキル【速読】はそれとはまるで違う。やっていることは似ているのだが、意識しなくてもできるというか、オートメーション化されている感じだ。多分これがスキルを発動している感覚なのだろう。よし！　まずはうちにある本の読破だ。

お昼になって母さんが診療所から戻ってきた。

「お昼ご飯を用意するわねー。あら？　本を読んでるの？」

「うん。きれいなお花がいっぱいだよ」

今読んでいるのは、森の草花に関する本だ。

草花の特徴（とくちょう）や利用方法、採取や処理の仕方が挿絵（さしえ）入りで書かれている。

うちには百冊ほど本があり、多くは母さんの仕事に関わる医療や聖魔法に関するものだ。

魔法や医学に関する専門用語がたくさん出てくる。

その本を読むにあたっては、昨日までのライルの記憶がおおいに役に立った。例えば一人でいるのが寂しくて、診療の様子をこっそり覗いた記憶。昨日まではその会話をあまり理解できていなかったが、今の俺なら文脈などから、意味を推測することができるのだ。他にも家族の何気（なにげ）ない会話や寝る前に聞かせてくれた御伽噺（おとぎばなし）、村の人が魔法を使って遊んでくれた記憶が、これからこの世界で生きていくヒントを与えてくれていた。

　それでも全部を理解するには程遠（ほどとお）いが、そういう部分も今は暗記しておけばいいと割り切って読み進めている。そうやって朝から三時間くらいページをめくり続け、やっと四冊目に入ったところだ。さすがに前世にはなかった分野ばかりなので、読むのに時間がかかってしまう。これはうちの本を読破するだけで二週間くらいかかりそうだ。

夕方になり、父さんが帰ってきた。

「ハルカゼ草はここに置いておくぞ」

父さんはそう言ってテーブルに採ってきた植物を置き、お風呂へと向かった。

俺はさっき本で見たハルカゼ草の実物が見たくて、椅子の上に立ってその植物を覗き込んだ。

細い茎に小指の爪くらいの小さな葉がいくつもついていた。新芽のような黄緑の葉だが、輪郭部分がうっすらピンク色をしている。

ハルカゼ草は一年中生えている草だが、風になびく姿が春風を思わせるのでそう呼ばれるようになったみたいだ。

本に書いてあった説明通りの見た目だなぁと眺めていると、ふと違和感を覚えた。本に載っていたハルカゼ草の絵と目の前にある植物では、茎の見た目が違ったのだ。ハルカゼ草は細くて丸い茎だが、父さんが採ってきたものの中には、平べったい茎の草が何本か交ざっていた。

風呂から上がってきた父さんが、俺に尋ねてくる。

「どうした？　真剣な顔でハルカゼ草なんか眺めて」

「お父さん。この三本だけハルカゼ草じゃないよ」

俺は父さんに平べったい茎の植物三本を渡した。

「あれ？　本当だ。ハルカゼモドキだ。採取の時に気をつけてたんだが、交じってしまってたな」

ハルカゼ草は燃やすと炎がピンク色になりいい香りがするので、森の神事ではよく使われるそうだが、ハルカゼモドキは違う。炎の色は同じくピンクだが、ものすごく臭いらしい。俺が読んだ本にも「間違えて採らないように」と注意書きがしてあった。

「ライル、気付いてくれてありがとうな！」

得たばかりの知識が役に立って、父さんに褒められ、俺はとても嬉しくなった。

◆

――その日の夜。ヒューゴとリナの寝室にて。

「なぁリナ。いつの間にライルに薬草の見分け方を教えたんだ？」

「えっ？　教えてないわよ。何かあったの？」

「ハルカゼ草を採ってきただろ？　うっかりハルカゼモドキも一緒に持ってきちゃったんだけど、ライルが気付いてくれたんだよ。だからリナに教わったのかなぁって」

首を傾げるヒューゴに対し、リナは思い当たることがあったので納得したように言う。

「今日ね、ライルが私の薬草の本を読んでたの。たぶんそれで覚えたのよ」

「えっ？　もうそんなに難しい本を読めるようになったのか？」

ライルは言葉を覚えるのが早かった。だから試しに文字を教えてみたらすぐに覚えてしまった。

だけどさすがに……そう思っていたヒューゴを、リナが笑う。

「ふふっ……さすがに内容を理解するのは無理よ。あの本一冊読むだけで何日もかかるわ。絵本みたいにパラパラめくってただけ。たまたまハルカゼ草のページを見つけたから、そこだけ一生懸命読んだんじゃないかな。今朝話をしたばかりだったし」

確かにハルカゼ草の説明だけなら難しいことは書いていないから、似ている草があることくらいはわかったかもな。そう考えたヒューゴは安心したように息を吐く。

「でも薬草の本を絵本みたいに読むなんて、将来はリナと同じ医療の道に進むかもな」

「親バカねぇ……同世代の子もいない村だし、他にすることがないからよ、きっと」

そう言いながら、リナはライルに寂しい思いをさせているかもしれないと少し心配になった。

ヒューゴとリナは元々王都を拠点に活動する冒険者だったが、ライルを授かった時に冒険者を引退し村で暮らすことを決意した。村に来た時はずっとライルと一緒にいられると思っていたが、リナの診療所は想像以上に繁盛してしまい、昼間はライルを一人にしてしまうことが多くなった。

そんなリナの考えを察したのか、ヒューゴは「じゃあ兄弟でもいればいいかな」とスケべに笑い、リナに小突かれてしまうのだった。

◆

記憶が覚醒して一週間が経った。

俺――ライルがいつものように一人で本を読んでいると、玄関をノックする音が聞こえた。

誰だろう？　村の人ならこの時間は診療所側から来るはずだけど……

とりあえず対応しなきゃと思い、玄関に向かう。

ドアを開けると、イケメンが立っていた。肩に届きそうなウェーブのかかった銀髪の横からは、尖った耳が飛び出している。

エルフだ。初めて見た。

「えっと……こんにちは。何かご用ですか？」

「ライルだね？　生まれた時に会ったきりだから覚えてないかな？」

質問したのに質問で返されたので反応に困っていると、後ろから声が聞こえてくる。

「お父さん！」

振り向くと、母さんが診療所から顔を覗かせていた。

ん……お父さん？　母さんのお父さん？　それって……

「僕は君のおじいちゃんだよ」

イケメン改めイケ祖父は、青い目を細めて俺にニッコリと微笑んだ。

「お父さん、来るなら言ってよ！　ライルのお祝いはまだ先だよ」

「わかってるよ、リナ。だけど滅多に来られないから今回はライルとゆっくり過ごしたくて、フィリップに仕事を押しつけて早めに来たんだ」

「はぁ……とりあえずまだ診療があるから、ライルと待ってて」

母さんはため息交じりにそう言うと、診療所に戻っていった。


その後、少し話したところによると、イケ祖父の名前はシャリアスというらしい。

前に会ったのは俺が生後一ヵ月の時だったみたいで、さすがに統合された記憶にも残っていなかった。普段は森の深いところにある村に住み、そこで仕事をしているのでなかなか来られないそうだ。

「おじいちゃんはなんのお仕事をしているの？」

「森の民の長をしていてね。聖獣様の森を管理して守るのが仕事なんだよ」

なんだかとても偉(えら)い、というか重要な立場っぽい。俺はさらに尋ねる。

「森の民ってエルフ?」

「昔はエルフのことを指したんだけど、今では種族に関係なく僕の村に住む者は森の民って呼ばれてる。僕はエルフだけど、君のおばあちゃんは君と同じヒューマンだったんだよ」

つまり母さんはハーフエルフなのか。ということは、俺にもエルフの血が流れてるんだな。

そういえば、のんびり話しているけど、聖獣様の森を管理するなんていう大切な役目を放り出してきたようなことをさっき言っていたな。

「お仕事は大丈夫なの?」

「リナの兄のフィリップに任(まか)せてきたから大丈夫さ。僕は君に会いたくて来たんだよ。もうすぐ三歳のお祝いがあるだろう? それまでずっといるからね」

顔は若いのに、笑うと優しいおじいちゃんに見えるから不思議だ。

おじいちゃんは僕に興味津々(しんしん)といった様子で、聞いてくる。

「ライルは一人でいる時、何をしてるんだい?」

「本を読んでるよ」

俺はさっきまで読んでいた本をおじいちゃんに見せた。

『聖魔法と属性魔法の混合による瘴気感染症へのアプローチ』という本だ。

「もうそんな難しい本を読んでいるのかい？　じゃあこれだと簡単すぎたかな？」

そう言っておじいちゃんは、鞄からたくさん本を出した。

絵本や算数の本に世界地図、さらには魔法の基礎や魔物に関する本まである。

「これ僕にくれるの？　嬉しい！」

これは俺の素直な感想だった。家にあるのは母さんが仕事で使う専門書ばかりで、この世界の基礎知識をどうやって学ぶかが課題だったのだ。

「じゃあおじいちゃんと一緒に読もうか」

おじいちゃんは俺を抱き上げて自分の膝に乗せた。前世のじいちゃんを少し思い出した。


しばらくして夕食の時間になり、家族全員が揃う。

「お義父さんがこんなに早く来ると思ってなかったので、驚きましたよ。相変わらずお忙しいんでしょ？」

父さんはおじいちゃんが持ってきたお土産の酒を飲みながら聞いた。

「聖獣様がお隠れになったからね。こっちも影響はあるだろう？」

「強力な魔物を少し見かけるようになりましたね。まだ問題はないですが、早く新しい聖獣様が現れると助かります」

聖獣様はだいたい二百年から三百年ほどで代替わりするそうで、僕が生まれた頃に先代の聖獣様がいなくなったらしい。

代替わりは早い時は一年かからないが、過去には五年以上聖獣様が不在だったこともあるらしく、その間は森の民が中心となって森の生態系を維持するんだと、おじいちゃんが教えてくれた。

「まだ長引くようなら冒険者を雇うことも検討しなくてはいけないんだけどねぇ」

「冒険者はイヤなの？」

おじいちゃんが悩ましげに言ったので、俺は尋ねた。

「嫌じゃないんだよ。冒険者は強いし助かるんだ。でもね、すぐに恋しちゃうから」

エルフは容姿端麗だ。そんな村に冒険者が長期滞在すると、エルフの女性に心を奪われてしまう。

森の民の方も村から出たことがない者が多く、恋愛への免疫があまりない。だから恋に発展することがよくあるそうだ。

おじいちゃんは続ける。

「昔と違って他種族との婚姻にうるさい人は少なくなってるし、今やエルフだって世界中でいろいろな仕事をしてる。森の民には好きなところで好きなことをしてほしいと僕も思ってるんだけど、あんまり数が減りすぎるのも困るんだよ」

過疎化か……田舎の問題は異世界でも同じだな。

「僕が君のおばあちゃんのマーサと結婚する時にも、一部の人が反対しようとしてたんだよ。僕が村を出ていくんじゃないかってね。だけどマーサが『私は森の民になります』って言ったから大歓迎されたんだ」

おじいちゃんはおばあちゃんのことが大好きだったというのが、話している姿からよく伝わってきた。俺は母さんに話を向ける。

「お母さんは大丈夫だったの？」

「私は小さい時から森を出ることに憧れてたのよ。お母さんや、たまに来る冒険者の人がしてくれる外の世界の話が大好きでね。それを知っていたフィリップ兄さんが『森には僕が残るから、リナは好きなことをやりな』って言ってくれたの」

「フィリップおじさんって優しいんだね。僕も会ってみたいな」

そう言うとみんなが笑い、和やかな空気になった。今度は父さんに尋ねる。

「お父さんはフィリップおじさんやマーサおばあちゃんに会ったことあるの？」

「フィリップ義兄さんには何度か会ってるけど、最後に会ったのはライルが生まれる前だな。お義母さんはもう五十年くらい前に亡くなってるから、俺も会ったことないんだよ」

ん？　マーサおばあちゃんが亡くなってから五十年？　ってことは……

「お母さんって――」

ピシャッ！

俺の言葉を遮るように母さんが箸を置いて、俺を見た。微笑んでいるが目が笑ってない。

「ライル？　女性に年齢の話をするのはマナー違反よ」

和やかな空気が一瞬で終わりを迎えた。


お風呂に入って寝室に戻った。俺は、おじいちゃんの持ってきた魔法の基礎の本をベッドの中で読んだ。

魔法の基本は己の魔力をコントロールすること。一流の魔法使いは意識しなくても体の隅々まで均一に魔力を巡らせることができる、か。

試しにやってみると、魔力を巡らせること自体はそんなに難しくなかった。これは前世で座禅をしながら島の気を自分の中で循環させるトレーニングに似ている。もちろん当時は魔法を使うために座禅をしていたわけではなく、日に日に強くなっていく自分の力を制御するために行っていた。

正直それに比べれば魔力操作なんて百倍楽だった。だって自分の力そのものだから。

だけど無意識にっていうのは難しそうだ。明日からは座禅の習慣を復活させるか。

そう決めて、俺は眠りについた。

それから俺は毎日おじいちゃんと一緒にいた。

おじいちゃんはすごくお喋りだった。絶えず喋ってるし、一聞くと十も二十も返してくる。

その様子には母さんも驚いていて「ジジバカだったのね」と呟いていた。

また、おじいちゃんはお喋りなだけじゃなく、話が上手だった。

魔物一匹の話から、森で行う狩りや村に来た冒険者、他の国の料理や文化などに話をどんどん膨らませていくのだ。

俺が本を好きだと思ったのか、魔法の本や、瘴気を封印した英雄の絵本なんかも読み聞かせてくれた。膝に座らされるのはちょっと恥ずかしかったけど……。

天気の良い日には外に出て、村の中に生えている草を摘んで薬膳茶の淹れ方を教えてくれたり、村に来ていた商人をつかまえて珍しい魔道具や特産品を見せてもらったりした。

一人で出かけることをまだ許してもらってなかった俺にとっては、本当に楽しい時間だ。

そんな風に毎日を過ごしていたら、あっという間に三歳の誕生日の前日になった。

「ライルは大きくなったら何になりたいんだい？」

庭で本を読んでいる時におじいちゃんが急に聞いてきた。

「まだわかんない」

子どもらしく答えたが、本当に決めていないので嘘ではない。

「ライルは賢いし、なんにでもなれそうだけどなぁ。本に出てくるような英雄や大魔導師になりたいとか、王都の町に住みたいとか思わないのかい？」

相変わらずジジバカだなぁ。少し賢く見えるのは前世の記憶でズルしているだけだ。

「考えたこともないよ。王都は行ったことがないから興味はあるけど、住むのはいいや。僕は自然が好きだし、家族と一緒にいたいし」

「そっか。ライルは森に愛されそうだね」

なぜかはよくわからないけど、おじいちゃんは嬉しそうだった。

「おじいちゃんはもうすぐ帰っちゃうの？」

「そうだね。三日後には帰ろうと思うよ」

「そっか……寂しいな」

本当に寂しいと思った。心はいい大人のはずなのに……

そんな俺の様子を見たおじいちゃんは、笑って言う。

「また来るよ。仕事はフィリップにやらせればいいからね。それに五歳になったら、今度はライルが僕の村に来るんだよ」

「そうなの？」

「毎年五歳になる子を集めて神殿で儀式をやるんだ。この国で神殿があるのは、僕の村と王都とあと一ヵ所だけだからね。ライルはうちの村にある聖獣様の神殿で儀式をする予定だよ」

それなら遅くとも二年後にはまた会えるのか。

「でも、その前にまた遊びに来てね」

おじいちゃんは必ず来ると約束して頭を撫でてくれた。

◆

そして、俺の誕生日当日——

朝から家族みんなで聖獣の祠に向かっていた。俺が村を出るのはこれが初めてだ。

出発前、俺を誰の馬に乗せるかで父さん、母さん、そしておじいちゃんが少し揉めていた。母さんはすぐに引いたが、あとの二人は一歩も引かなかった。

仕方ないので俺から行きはおじいちゃん、帰りは父さんと乗ると提案し、なんとか納得してもらった。

父さんがボソッと「初めての馬は俺が乗せたかったのに」と言ったが、聞こえないふりをした。

しばらく森の中を進んでいると、一匹の魔物を発見した。

ホワイトディアだ。おじいちゃんと読んだ本に載っていたので知っていた。ホワイトディアは白い鹿の魔物で、基本的に温厚で人を襲(おそ)わない。

だが、今日は状況が良くなかった。よく見ると後ろに小さなホワイトディアがいた。間違いなく子どもだろう。ホワイトディアは子どもを守るためなら自分から攻撃する。

俺たちとホワイトディアはお互いに動かず、じっと見つめ合う。こちらに攻撃の意思がないとわかれば、立ち去ってくれるかもしれない。

しばらく膠着(こうちゃく)状態が続いたが、ホワイトディアが俺の方を向いた時、父さんと母さん、それにおじいちゃんは臨戦(りんせん)態勢に入った。

俺はじっとホワイトディアを見つめ返して「俺たちはここを通るだけだから大丈夫だ。子どもとどこかに行きなさい」と心の中で念じた。

するとホワイトディアはすっと後ろに下がり、子どもと共に森の奥に消えていった。

「ふぅ……よかった。あいつら精神攻撃系の魔法を使うからな。俺らは大丈夫だが、ライルに何かあったら困ると思ってたんだ」

「ただ殺すだけなら私たちには簡単だけど、ホワイトディアは害虫の発生する草を食べてくれるから、不要な殺生(せっしょう)は避(さ)けたいものね」

父さんと母さんが安心した声でそう言った。

そういえば二人はどれくらい強いんだろうなんて考えながら、俺の後ろで馬にまたがるおじいちゃんを振り向くと、何やら考え込んでいるように見えた。

「おじいちゃん？」

俺が声をかけると、おじいちゃんは何かを振り払うように頭を振り「何ごともなくてよかったよ」と笑顔で答えた。


しばらくして、俺たちは大きな湖がある開けた場所に出た。

「もうすぐだよ。湖の反対側に大きな木があるのがわかるかい？　あの下が祠だ」

おじいちゃんが指さした先には、高さ百メートルは優に超えるだろう巨木があった。

聖獣の祠までは家から三十分くらい。意外と近かったな。

祠に着いた俺たちが最初にしたのは掃除だ。祠の周りをきれいにして、湖の水で祠を清める。

「水魔法は使わないの？」

母さんに聞いてみると、湖の清らかな水でないとダメなのだそう。

それから持ってきた酒や食べ物をお供えし、お香を焚いた。このお香は母さんが今日のためにハルカゼ草から作ったものだ。

「さぁ、みんなでお祈りしましょう」

母さんの声を合図に、みんなで手を合わせようとしたその時だった。

巨木の陰から一匹の魔物が顔を覗かせた。

いや……魔物じゃない、これは柴犬だ。それも俺がよく知っている柴犬。

「……アモン？」

そう声に出した途端、視界が真っ白な光に包まれた。


気付くと俺は、見覚えのある書斎……転生した時に来たカムラの部屋にいた。

そして目の前には確かにアモンがいた。

もう二度と会えないと思っていた、俺が置いてきてしまった大切な家族。

「アモン！」

俺はたまらず駆け寄って抱きしめた。涙がポロポロとこぼれた。

アモンはそんな俺の涙を拭うように舐めてくれる。

少し落ち着いたところで違和感に気付く。

「あれ？　アモン、大きくなったか？」

「違うよ。蓮が小さくなったんじゃん」

それもそうか。俺は転生してライルになった。三歳の体じゃ抱きしめた感覚は違うに決まってる。

「これからはライルって呼ばないとね」

アモンは笑ってそう言った。

ん？　……そう……言っ……た？

……言った⁉

「ア、アモン？　なんで喋れるの？」

再会の喜びに胸がいっぱいで気が付くのが遅(おく)れたが、そもそもこれはどういう状況だ？

「ふぉっふぉっふぉ。ここは魂だけが存在する場所じゃ。人間と動物の言葉の違いなど関係なく話せるわい」

聞き覚えのある声がして振り返ると、輪廻の神カムラが笑っていた。

隣には明らかに普通の人間ではない、白虎(びゃっこ)の獣人っぽいおっさんが立っている。

「感動の再会はできたようじゃのぅ。心配せずとも状況は説明するから安心せい」

「そうしてもらえると助かる。まず隣の方は？」

俺が聞くと虎男が一歩前に出た。身長が二メートルを超える大男だ。人間の顔に虎耳がついており、筋骨隆々(きんこつりゅうりゅう)の体の一部には白と黒の縞々(しましま)の毛が生えていた。

「俺の名はガル！　白虎の獣人っぽいおっさんでだいたい合ってるぞ！　厳密(げんみつ)には獣神(じゅうしん)だがな！　がっはっはっはっ！」

どうやらこの人も神様で、俺の心の声が聞こえていたらしい。

見た目通りのでかい声で自己紹介してきたので、俺も一応挨拶を返し、改めてカムラに尋ねる。

「それで、どうしてアモンはここにいるんだ？　そもそも俺はもう一度ここに来るとは思ってなかったんだが」

俺がピッタリくっついてくるアモンを撫でながら返事を待っていると、カムラではなくガルが答える。

「そいつはな、お前が死んだ時にお前を追いかけて海に飛び込んだんだよ」

「っ……！　アモンは俺と一緒に死んだのか？」

「それが違うんだ。お前が死んだ時に、カムラがお前の魂をこっちの世界に引き込んだだろ？　その時にできた時空の穴を、そいつは生きたまま通り抜けてきたんだよ」

ガルの説明のあと、カムラが続ける。

「もちろん、普通そんなことはできない。前に、お主は優れた魔法の資質を持つ魂を宿していると言ったじゃろ？」

「確かにそんなことを言われたな」

「資質の優れた魂は時に他者の魂に影響を及ぼす。アモンはそんなお主と四六時中一緒におった。そして最大の要因はアモンが体調を崩して死にかけた時じゃ」

アモンが夜中に体調を崩したのに、海が大しけで病院に行けなかった時だ。あの時は一晩中アモンを抱いていたから、よく覚えている。

「アモンはな、本当だったらあの時死んでいたはずじゃった」

「なっ……」

言葉を失う俺に、今度はガルが告げる。

「というか、本当だったらもっと早く死んでてもおかしくなかったんだぜ。それをお前がそばにいることで生きながらえさせてる状態だったんだよ。そしてあの夜、お前はさらにとんでもないことをやってのけた。島に流れる自然の気を自分の中で聖エネルギーに変換し、そいつに注ぎ込んだ。その結果としてアモンの体は癒され、魂はお前の影響を受けて魔力に適応し、魔法の素質が目覚めたんだ」

知らないうちに回復魔法みたいなことをしていたのかなと考えてたら、「そんなレベルの芸当じゃねぇよ」とガルに苦笑いされてしまった。

「とにかく、だからアモンはこっちに来られたのか？」

一度にいろいろな話を聞きすぎて疲れてしまった俺が尋ねると、ガルは首を横に振る。

「そいつが起こした奇跡はそれだけじゃない」

まだ続くのか……情報量が多すぎてパンクしそうだ。

「まぁもう少し我慢して聞けよ。お前の影響でそいつは素質を得た。だがあくまでそれだけなんだよ。それだけでは生きたまま世界の壁を越えることなんかできない」

「お主の世界のネット小説みたいに簡単に転移はできないんじゃよ。体は世界の壁を越えられないからのぉ。少なくともこの世界では初めてのことじゃ」

カムラの言葉にガルは頷いて続ける。

「でもそいつは成(な)し遂(と)げた。世界の壁を越える際に己の体を捨て、再構築してこっちに来たんだ。ただお前と一緒にいたいという意志の力だけでな」

俺と一緒にいたいという意志の力……その言葉だけで俺には十分伝わってきた。

「だって約束だもん」

アモンが当たり前のように言うので、俺はまた強く抱きしめた。

カムラが微笑みながら言う。

「アモンが世界の壁を完全に越えて、儂の認知できる領域まで来たのはつい最近のことじゃった。まるでお主の記憶が目覚めるのに合わせたように、ゆっくりとこの世界に来たのじゃ。当の本人は眠っていたような状態だったのか、時空の穴に飛び込んだあとのことは覚えていないようじゃがな」

「説明してくれてありがとう。状況は理解したよ」

「じゃあこれからのことを話そうか。これはガルから発表した方がいいのぉ」

すると、ガルが俺とアモンの正面(しょうめん)に立ち、背筋(せすじ)を伸ばして気をつけした。

どこからか、ドラムロールが聞こえてくる。なんの演出だ？

そんなことを思っていると、ガルが大きく息を吸ってから口を開いた。

「発表します！　この度(たび)アモンくんは聖獣になりました！　拍手(はくしゅ)ーーー！」

ガルとカムラはしたり顔で手を叩き、アモンはドヤ顔している。

俺はついにパンクし、しばらく固まってしまうのだった。

「どうしてそうなるんだよ！」

しばらくして、我に返った俺は精いっぱいのツッコミをした。

ガルがやれやれといった様子で解説を始める。

「まぁ、まず聖獣ってのがなんなのかっていう話なんだけどな」

「森の気を整えて、森の魔物を間引いてるんだろ？」

「確かにそれが聖獣の仕事だがその本質は各地にいる神の使いの一角。そして聖獣は俺の担当だ」

「神の使い？」

俺が聞き返すと、ガルは頷く。

「簡単に言うと、俺らの代わりに現世で仕事をしてくれるやつらだ。聖獣の場合は自然と人のバランスを取る役割が大きいな」

「あの森は魔力と自然の気が豊富な地じゃ。それを放置すれば魔物が大量に発生し、森やその周辺に混乱をもたらす」

「カムラの言う通りだ。逆に人から森を守るって側面もある。自然破壊や乱獲からな。この辺は説明しなくてもお前ならわかるだろ？」

　よくわかる。それは地球でも直面した問題だ。俺が頷くとガルは言葉を続ける。

「人は自分たちで創意工夫し生活を豊かにする。それは素晴らしいことだし、俺たちも発明や発展を願っているんだ。だがやりすぎは困る。一度壊れてしまえば、簡単には元に戻らないしな」

「この世界の場合は、瘴気が生まれる原因にもなるんじゃよ」

　瘴気――病気などの原因とされる気、か。まだその辺の仕組みは理解できてないけど、今は置いておこう。

「人が聖獣の森を無意味に切り開かないのはなぜだと思う？」

　唐突にガルが尋ねてきた。

「魔物が強くて開拓しづらいからか？」

「一番大きな理由は違う。それは信仰があるからなんだよ」

　そうか、聖獣はいわば土着神だ。森やその周辺の人々は聖獣を信仰しているから、必要以上に開拓しないんだ。

「ここでアモンの話に戻すが、聖獣は誰でもなれるわけではないのじゃ。神の使いではあるものの、信仰の対象――一種の神でもあるのじゃからな。ある程度の神格が求められる」

「神格……神様の資格か。アモンにはあるのか？」

カムラに代わりガルが答える。

「生きたまま世界の壁を越えるなんていう前例のないことをやってのけたんだ。その奇跡は神の資格に間違いなく値（あたい）する。しかも、こいつは物質的に体を有しながらも魂が体に縛（しば）られていない。なんてったって自分で前の体を捨てて再構築しているからな。そんなことができるのは上位の精霊など一部の存在だけなんだよ」

神格に値するだけの逸話（いつわ）と器を持ち合わせているってことか。

「それと聖獣にはその名の通り、聖属性が求められる。あの森は聖属性と相性（あいしょう）がいいんだ」

「聖属性って回復とかに使われる特別な属性だよな？」

この世界の魔力は地水火風の四元素が基本となっていて、そこから派生（はせい）した多様な属性がある。だが四元素と関係を持たない特別な属性がいくつか存在しており、聖属性もその一つ……とおじいちゃんが持ってきてくれた本には書いてあったのだが、火とか水と違って聖属性は概念的（がいねんてき）すぎて、まだいまいち理解できていない。

「まぁ、今はその程度の認識でいい。聖魔法は扱（あつか）える者が限られるからな。で、アモンも残念ながら聖魔法の適性はない」

「ん？　いきなり話が矛盾してないか？」

「まぁ、そう思うよな。だけどそいつの場合は特殊でな。体が聖属性の魔力で構成されているんだよ」

「聖属性の魔力で？　なん……」

「なんでかは聞くなよ。俺にもわからねぇから」

ガルに質問を遮られた。ちらっとカムラを見るが、こちらもあまり聞かれたくなさそうな顔をしている。しかし、カムラはため息をついてから、話し始めた。

「さっきも言ったが、転移の経緯は見とらんし、当の本人も覚えてないのじゃ。魂を深く覗けばわかるじゃろうが、アモンは死んだわけじゃないから、輪廻の神である儂が干渉する権限がない」

カムラが魂に干渉できるのはあくまでも転生時だけらしい。神様にもいろいろルールがあるようだ。

「とにかくだ。アモンは聖魔法なんか使えなくても、存在自体が聖属性の結晶なんだよ」

これ以上この話が長引くのが嫌そうなガルは、結論を言って話を進めようとする。だが確かに聞けば聞くほど、アモンは聖獣としてふさわしいと思える。

俺はカムラとガルに尋ねる。

「アモンはこれから聖獣として森を守っていくことになるのか？」

「正直そこが微妙な問題なんじゃ。従魔術はわかるか？」

「村に来た商人が熊の魔物を連れていたことがあったけど、あれか？」

　カムラは俺の答えに頷いた。

「そうじゃ。従魔術は人が魔物を従える術。従えると言っても、互いの了承が必要なのじゃがな」

「従魔契約の一番ポピュラーな方法は、互いの了承のもとで魂を繋げ、魔物に名前を授けることなんだ。そしてお前とアモンはすでにそれがなされている。つまりお前は聖獣の主人ってことだ」

　今ガルにとんでもないことを告げられた気がする。

　聖獣の主人……なんかすごい肩書きだ。

「それってもしかして大変なこと？」

　カムラとガルは首を縦に振った。

「聖獣を従えた三歳児が現れたと知られれば大騒ぎになる。お主の国の王家は聖獣を信仰しておるからなおさらじゃ」

「そこでだ。ひとまずアモンが聖獣だってことは隠しておけ。今は聖獣が不在だが、まだ森の民で対応できる」

　口々に言うカムラとガル。俺は不安に思いつつ、さらに質問する。

「いつまで隠せばいいんだ？」

「五歳になる年に行われる儀式で、ステータスボードが付与される。ステータスボードは個人情報なので情報の隠匿はできるが、近しい者には隠し通せまい」

カムラの口から出たステータスボードという言葉……急に異世界転生感が出たな。

「地球のネット小説を参考に導入したからのぉ。便利で面白い発想じゃったから」

「そんなノリで導入できるのか……」

「導入できるものはな。儂だけじゃないぞ。創生神なんかは世界ごとに単位を設定するのが面倒だからって、数字の概念や単位はだいたい地球のものを使っておる」

だからこの世界も十進法だし、単位も地球と同じものが多いのか。

また話が逸れそうになったので、ガルが呆れたような声を出す。

「そんな話はまたいつかにしてくれよ。とにかく五歳になれば家族にバレる可能性が高い。あと二年あるから、それまでにこっちで対応を考える」

「俺はアモンと一緒に今まで通り生活していいのか？」

「それでいい。神の使いであるアモンと一緒なら、必要な時は俺たちともこうして話すことができる。まあ、数年に一度くらいだろうが……」

「わかった。なんかいろいろと手間かけさせて悪いな」

「お前が謝ることねぇよ。アモンはお前と一緒にいるために来たんだ。それを蔑ろにはしないさ。獣神だからな」

「ねぇねぇ、難しい話、まだ終わらない？」

当事者のアモンが暢気（のんき）に言うので、みんなで大笑いして話が終わった。

「戻ってもあちらの時間は経過していない。その点に気をつけるのじゃぞ」

「わかったよ、カムラ。アモンと話せなくなるのは寂しいけどな」

すると、ガルが意外な事実を教えてくれる。

「あっちに戻ってもアモンとは話せるぞ。従魔契約していれば、魂で会話できるからな」

「そうなんだ！　それは嬉しいな」

「いっぱいお話ししようね！　れ……じゃなくてライル！」

アモンの嬉しそうな顔を見ながら、俺は白い光に包まれて現世に戻った。


「ライル、下がれ！」

聖獣の祠に戻った俺の耳に飛び込んできたのは、慌てたように剣を抜いた父さんの叫び声だった。その剣はアモンに向いている。

「待って！　大丈夫だから！　おいで」

俺が声をかけると、アモンはゆっくりとこちらに近づいてきて、おすわりした。俺はアモンの頭をよしよしと撫でる。

「アモンが一緒に来るって！　みんなにもこれからよろしくって言ってるよ」

「「えっ……!?」」

その場にいた父さん、母さん、おじいちゃんは言葉を失った。

おそらく俺がアモンの言葉を理解しているのを見て、従魔術を使用してアモンを従えたことを察したのだろう。父さんが尋ねてくる。

「ライル？　お前、その魔物が言ってることがわかるのか？」

「魔物じゃなくてアモンだよ！　心で話してくれるからわかるよ」

「まさかこの年で従魔術を成功させるなんて。でもしっかり契約できてるなら安心よね？」

「すごいぞ、ライル……お前は天才だな！」

戸惑（とまど）いながらも喜ぶ母さんと父さん。どうやら従魔術を成功させること自体がすごいらしい。

すると、二人の後ろから真剣な顔をしたおじいちゃんが出てきた。

おじいちゃんは膝をついて俺の肩に手を置き、まっすぐ俺を見て聞いてくる。

「ライル、従魔契約っていうのは絆（きずな）を結（むす）ぶことだ。それは家族になるのと同じなんだよ。その子とずっと一緒にいるって覚悟はできるかい？」

「うん。アモンはもう僕の家族だよ」

俺は即答した。二度とアモンを一人にはしない。

「そうか……僕もアモンを撫でていいかい？」

「うん。アモンが『いいよ』って」

おじいちゃんはアモンを撫でながら、俺に聞いた時と同じように真剣な顔でアモンに話しかける。

「この子は僕の大切な孫なんだ。一緒にいて守ってくれるかい？」

おじいちゃんにはアモンの鳴き声しか聞こえていないが、「もちろんだよ！　そのために僕はここにいるんだ！」と言っているとおじいちゃんに伝えたら、ニッコリと笑っていた。

その後、改めてみんなで聖獣の祠に祈りを捧（ささ）げた。

当の聖獣様であるアモンが横にいるので、なんか変な感じだ。

用事も済んだところで、家に帰るために父さんが俺を馬に乗せようと抱きかかえる。

その時――

「ワンッ！」

突然アモンが鳴いたので見てみると、アモンの体が大型犬くらい大きくなった。

『ライル！　僕に乗って！』

俺は驚きながらもアモンにまたがると、アモンが嬉しそうに駆け出した。

その姿を見た父さんは、ものすごく寂しそうな顔をしていたけどね。

◆

ライルたちが現世に戻っていったあと、カムラの空間にて――

「なぁ、言われた通りに伝えたけど、アモンのことを周りに隠す意味あるか？」

「あやつが言ったんじゃよ。『あの人に任せておけば大丈夫だから』とのぉ」

ガルの問いに、カムラが答えた。

ガルはカムラが言う〈あやつ〉に思い当たったので納得した。

「そのあやつはなんで来ないんだよ」

「今会うとややこしくなるからと言っておるが、どんな顔して会えばいいかわからないんじゃろ」

「それもそうか。ひとまずは見守るしかなさそうだな」

「それが儂らの一番の仕事じゃからのぉ」

◆

僕――シャリアスが初めて孫のライルに会ったのは三年ほど前。ライルが生後一ヵ月の時だ。

初孫だったこともあり、本当に愛おしかった。マーサが生きていたらどんなに喜んだだろう。

これからは頻繁に会いに来よう。そう決めた時に事件が起きた。

聖獣様がお隠れになったかもしれないという情報が入ったのだ。

私はひと月の滞在の予定を、わずか三日で切り上げて森の民の村に帰った。

緊急時に長が村を不在にするわけにはいかない。

代理となるフィリップがいれば話は別だったが、その時は王都での仕事を任せていて、さすがに孫と一緒にいたいからという理由だけで彼を呼び戻すことはできなかった。

そして二ヵ月前、ようやくフィリップが王都での仕事を終えて村に戻ってきた。

僕は急いでフィリップに仕事を押しつけてライルに会いに行くことにした。フィリップや村の者は僕がずっと我慢していたことをわかっていたから、「早く行ってこい」と言ってくれた。

リナからの手紙でライルがすでに文字を読めるようになったことは知っていたので、たくさんの本をマジックバッグに詰めて用意した。「そんな難しい本を持っていってどうするんだ」とフィリップに言われたが、「僕の孫なんだから優秀に決まってるだろ」と言い返したらジジバカだと笑われた。

待ちに待った孫との再会。

しかし会ってみると、僕は驚かされるばかりだった。

最初の日。ライルは今読んでいるという魔法を用いた高度な医療の専門書を僕に見せてきた。その時は頭がいい分、大人の真似をしているませた子なのかと思っていた。だが、そうではないことにだんだんと気付く。僕の持ってきた基礎の本なんてあっという間に理解してしまったし、パラパラ眺めているだけに見えたリナの本の内容も要点は的確に把握していた。

旅商人に魔道具を見せてもらった時には、僕や商人にいくつか質問をしただけで、その魔道具がなんの属性魔法を応用しているのか当ててしまったのだ。なぜわかったのか聞いてみると、その理由が驚きだった。なんとライルは僕の持ってきた本から学んだ基礎知識やこの一ヵ月ほどで僕が語った魔法や自然の法則に関する話などから、いくつかの仮説を立てて、たった数問の質問で高度な魔法理論と同じ結論に辿り着いたのだ。

それでもその頃は「孫は天才」というくらいの認識だった。

しかし、ライルの誕生日の前日。僕はやっと考えを改めることになる。

朝早く目が覚めて散歩をしていた僕が、いたずら半分で気配を消してライルの部屋を覗いてみると、ライルが床に座って目を閉じていた。

僕は驚愕した。

自分の魔力に大地からの気を高純度(こうじゅんど)で練(ね)り込んで、体内で循環させていたからだ。

あれだけ安定した魔力操作ができる者は、森の民でも数えるほどだろう。

そこでようやく、わが孫がただの天才ではなく規格外(きかくがい)の存在だと知った。

さらに聖獣の祠での出来事……僕は祖父としてある決意をした。

◆

ライルたちが祠に行った日の夜——

「少し診療所の方で話をしないか?」

ライルとアモンが寝静まったあと、シャリアスがリナとヒューゴを診療所に呼んだ。

二人はわざわざ診療所に行くことを不思議に思いながらも、真剣な顔のシャリアスについていく。

「今日のライルには驚いたな。まさかあの歳(とし)で従魔術を成功させるなんて」

「そうね。でも、アモンちゃんってすごく可愛くて人懐(ひとなつ)っこいから安心しちゃった」

診療所のソファに座り和やかに話す二人に対して、シャリアスが静かに告げる。

「アモンはな……聖獣様だよ」

「「なっ……」」

リナは口に手を当て小さく震え、ヒューゴは思わず立ち上がった。

「お義父さん、それはいくらなんでも……だいたい聖獣様は銀狼じゃないですか？　アモンは確かに狼の系統に見えますが、見た目が全然違いますよ」

「聖獣様は別に銀狼と決まっているわけじゃないんだ。たまたまここ何代かは子が跡を継いでいただけなんだよ」

「でもだからって……」

言葉を失うヒューゴを落ち着かせるように、シャリアスが言う。

「少し僕の話を聞いてくれ」

それからシャリアスは、ライルが部屋で瞑想していた件を含め、二ヵ月間ライルと一緒にいて見たこと、感じたことを話した。

「ヒューゴくんには言ってなかったけどね、僕は特別なファミリアスキルを持っているんだ」

ファミリアとはスキルの中でも血統に由来するスキルのことだ。

シャリアスは自分のステータスボードを出して、隠匿してあったスキルを表示させた。

そこには【魔力透視】と書いてあった。

「このスキルは、魔力や魔力の流れを文字通り目視することができるんだ」

「直接触れて、自分の魔力を流さなくてもですか？」

「うん。ファミリアって言っても、今このスキルを持ってるのは僕だけ。一族の機密だから話していなかったんだよ」

ヒューゴは納得した。このスキルがあれば、ライルがただ瞑想しているわけではないとわかって当然だ。

そして、そのシャリアスがアモンを見て聖獣様と判断したなら間違いないのだろう。

「ライルは森の民として生きることになるのでしょうか？」

ヒューゴの問いにシャリアスは首を横に振った。

「それはライルが決めることだ。ただ、もしかすると、これは聖獣様の森の話だけでは済まないかもしれない。リナ、森の民の村にあった言い伝えは覚えているかい？」

リナは震えながらも、頷いて口を開く。

「聖獣の主人となるもの……世界を渡り……百千の種の主人となりて……悪しきものを……滅す」

最後まで言ってから、リナは泣き崩れた。そして絞り出すようにこう言った。

「私はライルに英雄になってほしいなんて思ったことはないわ……幸せになってほしいだけ……あの子が望むならなんだって応援したい……でも、なんで世界を背負わなきゃいけないの？　私はもう家族を世界に奪われるのは嫌なのよ……」

リナの悲痛な声を聞き、ヒューゴは彼女を優しく抱き寄せた。

「俺もライルの幸せをいつも願ってるよ」

「僕だってそうさ。でもライルの人生はライルのものだ。決めるのは彼だよ。その上でライルが選んだ道を応援するしかないさ。それが英雄と同じ道だったとしてもね……」

「聖女になりたいって言ったら？」

リナの言葉を聞いて、ヒューゴは驚いた。ライルは男なのに聖女なんて言うほど、リナは取り乱しているのだと思った。

シャリアスは一度目を閉じて気持ちを落ち着かせ、そしてゆっくり話し始める。

「その時は話し合おう。僕たちは家族なんだから。間違ってると思った時は叱ればいい。強制はできないけど、子どもを正しく導くのは僕らの役目だろ？」

シャリアスの言葉を肯定するように、ヒューゴはリナを抱きしめる腕に力を込めた。

「昨日ね、ライルに将来何になりたいか聞いたんだ。そしたら、まだわからないけど、自然があるところで家族と一緒にいたいと言っていたよ。それが今のライルの望みだ」

リナはシャリアスの言葉でようやく落ち着きを取り戻した。

「僕はライルのおじいちゃんだ。愛する孫のためだったら、国だろうが世界だろうが戦うさ」

シャリアスの静かな決意を聞き、ヒューゴとリナも頷いた。

「では、これからのことを話し合おう」

◆

聖獣の森に行った翌日の未明——

俺——ライルは、いつも通り自室で座禅をして魔力操作の練習をしていた。最近では前世の経験を活かして、大地や大気を流れる自然の気を魔力に練りこんで循環させるようにしている。こうすると自然の気が魔力と一つになって、魔力が増えているような感じがするのだ。

昨日までと違うのは、隣にアモンがいること。

アモンは目を閉じて背筋を伸ばしお座りしている。前世でも毎日こうやって一緒に座禅をしていたな。

外が薄明るくなってきた頃、遠くから何かが近づいてくる気配がした。

『ライル、こっちに誰か来てるよ』

アモンも気付いたようで、俺に声をかけたあと、立ち上がって身構えている。

窓の外を見てみると、緑と青の二つの光が少し離れた場所で漂っていた。

『なんだか俺らを呼んでるように見えるんだけど、アモンはどう思う？』

『僕もそんな気がする。行ってみる？』

少し悩んだが嫌な気配は感じなかったので、そーっと窓から出て光のもとに向かった。

「急な訪問をどうかお許しください」

俺たちが外に出ると、唐突に光から声が聞こえ、二つの光はスーッと大きくなり人の姿となった。

緑の光からは緑髪をオールバックにしたマッチョダンディが現れた。品のある落ち着いた雰囲気で、なぜか執事服を着ている。

青い光からは長い青髪の女性。胸の開いたトルマリンブルーのロングドレスに身を包んだその女性は、まるで貴族のようだった。

「お初にお目にかかります。アモン様、ライル様」

二人は膝をついて頭を下げ、口を揃えて言った。

「え、えっと……初めまして。どちら様ですか？」

「私どもは聖獣様の祠を守っている精霊でございます」

まず執事服の男性が答え、続いて青髪の美人女性が告げる。

「私は聖獣様の祠のそばの湖の精霊、彼は大樹の精霊です。今回はアモン様の聖獣ご就任のお祝いとご挨拶、それからお願いがあり、やってまいりました」

アモンの聖獣就任と聞いて俺は慌てた。誰にも話していないはずの情報だからだ。

「あの……アモンはただの僕の家族で、聖獣様ではないですよ」

すると青髪の美人――湖の精霊が言う。

「隠さずともよいのです。聖獣様が主人を持つというのは驚きましたが……」

「いや、そういうことではなく……どうしてアモンが聖獣様だと思うのですか？」

「勘です！」

湖の精霊はなぜか自信満々だ。

勘って……と俺が呆れていると、執事服の男性――大樹の精霊が補足する。

「私どもは何代もの聖獣様を見てまいりました。勘といっても間違うことはないと断言できます。ですので、その点はお認めいただきたいと存じます」

これはもう何を言っても聞いてもらえないだろう。諦めるしかなさそうだ。

俺はアモンが聖獣であることを認め、挨拶に来てくれたことにお礼を述べた。

アモンも「初めまして。来てくれてありがとうね」と言っているので、それを伝えると、二人ともたいそう感激していた。

「それでお願いってなんですか？　アモンにですか？」

俺が尋ねると、大樹の精霊が答える。

「主にライル様にです。どうか私どもを配下に加えていただきたいのです」

「いえ、そういうのは募集してないです」

この村でゆっくり暮らすのに配下は必要ない。

「今私どもが、ライル様にとって必ずしも必要な存在ではないことは承知しております。

また、私どもも祠を守る務(つと)めがありますので、残念ながらすぐにそばでお仕(つか)えすることは難しいです。ただ、今後ライル様とアモン様が何かしらの行動を起こす時にお力になれるよう、私どもと従魔契約を結んでいただきたいのです」

　何かしらの行動とは……俺にはよくわからなかったが、精霊たちの顔は真剣そのものだった。

　俺は慎重(しんちょう)に言葉を選んで口にする。

「アモンの務めは理解しています。僕は家族として、その手伝いはしていくつもりです。森の民の長であるおじいちゃんが困ってるなら助けたいとも思ってます。だけど、僕自身は偉くなりたいとか、何かを成し遂げたいとは考えてないんです。できればこの村で、これからも家族と過ごしたい。それでも僕と契約したいですか？」

　聖獣の主人というだけで何かを期待されているなら、それに応えられないのは申し訳ない。

「ライル様がずっとこの村で暮らすのであれば、私どもはそのお世話をさせてもらえれば十分なのです。ただ祠だけではなく、ライル様を守る許可を私どもの魂に刻んでいただきたい。不躾(ぶしつけ)なお願いであると承知しておりますが、どうかお願いいたします」

　大樹の精霊が頭を下げると、湖の精霊も続いた。

『なんだか一生懸命でかわいそうだよ』

アモンにそう言われたら、俺がいじめているみたいじゃないか。

はあ、仕方ないか。俺が精霊たちに従魔契約をすると伝えると、彼らは満面の笑みを浮かべた。

結局は押し切られてしまったな……いや、でも待てよ。

そういえば、俺はきちんと従魔契約をしたことがない。アモンとの契約は気付いたらできていただけだ。

獣神ガルから、魂を繋げて名前をつけるとは聞いたが、まず魂を繋げる方法がわからない。

嘘をついても仕方ないので、俺は精霊たちに正直に告げる。

「僕、アモンとは気付いたら契約できていただけなんですけど、従魔契約ってどうするんですか？」

「ご安心ください。アモン様相手に成功しているのであれば、私たちとの契約など造作もないでしょう。それから、恐れ多いので敬語はおやめください」

湖の精霊は「失礼します」と言って俺の手を取り、自分の胸の上に置いた。

「そのままライル様の魔力を私に送って循環させてみてください」

「……こうか？」

「素晴らしいです！　均一に隅々まで巡っています。三歳でこのようなことができるとは……予想以上ですわ」

　座禅が役に立っているようで何よりだ。

「ここからがさらに難しいと言われています。胸の奥に私の魂があるのをイメージして、魔力を送ってください」

　言われた通りにイメージし魔力を送ると、俺の中の何かが湖の精霊と繋がったような気がした。

『私の声が聞こえますか？』

　湖の精霊の声が耳からではなく、直接頭の中に響（ひび）いてくる。

『聞こえるよ』

　俺も心の中で答えると、彼女は満足そうに頷いた。

『これが従魔術の第一段階――【念話（ねんわ）】です』

　俺とアモンのように従魔契約をしたら魂で会話ができるのかと思っていたが、これは従魔契約をするためのステップの一つだったようだ。よくよく考えたら、最低限の話ができないと契約も何もないからな。

「では契約に移ります。方法は簡単です。私の魂に刻むようにイメージして、名前をお与えください」

　そう言って彼女は目を閉じた。

彼女の名前は……

「エレイン」

俺がそう呟くと、湖の精霊――エレインの体が淡く光った。

「成功です。素晴らしい名前をありがとうございます」

同じように大樹の精霊との契約も無事成功した。

彼につけた名前はヴェルデである。

「これでよかったか？」

「はい！　これからはヴェルデ共々、命ある限りライル様とアモン様にお仕えいたします。時々交代でご様子を拝見いたしますが、ご家族にバレないように細心の注意を払ってまいりますわ」

「従魔術を使いこなせば、遠く離れた場所でも【念話】ができたり、【召喚】で従魔を呼び出したりできるようになります。練習にはいつでもお付き合いしますので、いつでもおっしゃってください」

エレインとヴェルデが口々に言った。

『それからアモン様。従魔同士は【念話】で会話が可能ですので、何かあれば直接お申しつけください』

『うん！　わかったよ。ヴェルデもエレインもよろしくね！』

直接アモンの声が聞けて、二人はすごく嬉しそうだ。

エレインとヴェルデはうちの家族が起きる前に帰るというので、俺は最後に気になっていたことを聞く。

「ヴェルデはどうしてそんな格好をしてるんだ？」

「これですか？　これはお仕えしたいという気持ちを表現するために用意しました。今後はこの服で活動します」

「あら？　私だって一番の勝負服でまいりましたよ」

エレインがヴェルデに負けじと言った。

そんな理由かよと思ったが、二人とも自分の服装を気に入っているようなので無粋なことは言わず「似合ってるよ」とだけ伝えて別れた。


エレインとヴェルデが帰ったあと、俺とアモンは座禅の続きをした。

しばらくして、父さんと母さんがリビングに出てきたのが気配でわかったので、俺も部屋を出て二人に挨拶する。

朝食を準備している母さんを手伝おうと思ったら、父さんが声をかけてきた。

「ライル！　今日から父さんと一緒に素振りをしないか？」

父さんの朝の日課である鍛錬を一緒にしようということらしい。俺はずっと教えてほしいと思ってたけれど、父さんの邪魔になると思って言えずにいたので、願ったり叶ったりだ。

「いいの？　邪魔じゃない？」

「そんなこと思ってたら誘わないよ。もう三歳になったんだしな。どうだ？　ライルが嫌じゃなければだが」

「嫌じゃない！　やる！　お母さんいい？」

手伝いができなくなるので母さんにも聞いたら、「行ってきなさい」と笑顔で言ってくれた。

俺たちは早速家の外に出る。

父さんは剣の持ち方や姿勢からちゃんと教えてくれた。

だが、前世でも剣道などの経験がない俺にとって、剣を振るという行為はなかなか難しかった。三歳の子どもの体だからというのもあるかもしれない。

「朝から精が出るねぇ。ライル、素振りはどうだい？」

いつの間にかおじいちゃんが玄関のところに立って、こちらを見ていた。夢中になっていたので気付かなかったよ。

「難しいけど楽しいよ。おじいちゃんは剣を振れる？」

「僕は弓がメインで剣は全くダメなんだ。近接戦闘のために短剣はそれなりに扱えるけどね」

苦笑いして頭をかくおじいちゃんの言葉を聞き、父さんが言う。

「ライル、おじいちゃんの弓はすごいんだぞ。俺も狩りのために弓を使うが、足元にも及ばないよ」

「メイン武器じゃないのに、あれだけ弓を扱えるヒューゴくんは大したもんだけどね。よかったら今度来た時はライルに弓を教えてあげようか？　僕の村でライルに合わせた練習用の弓を作って持ってくるよ」

「じゃあ、私は医療と薬学ね」

朝ご飯の支度を終えた母さんが窓から顔を出していた。

「それ以外だって、私たちが教えられることは教えるわ。だから、ライルはなんでもやってみなさい。頑張れば誰だってなんにでもなれるのよ。私たちはいつだってライルの手助けをするわ」

「うん！」

なんだか今日はやけにみんなやる気マンマンだ。

俺が三歳になったからだろうか？　おじいちゃんが今日で帰るからだろうか？

朝ご飯を食べ終わる頃、おじいちゃんを迎えに森の民の戦士が三人やって来た。本当は来る時も護衛がつくはずだったが、おじいちゃんはこっそり一日早く出てきてしまったそうだ。

「だって僕だけの方が二日は早くライルと会えるもん。それに僕一人で対応できない強さの敵が現れたら、君たちいても意味ないし」

「それでも長が一人で出かけて何かあったらどうするおつもりですか？　村はどうするんですか？　可愛いお孫さんはどうするんですか？」

おじいちゃんは迎えに来た護衛の戦士に文句を言っていたが、本気で説教されたあと、とぼとぼと帰っていった。


アモンが聖獣として活動できていないので、森の民の仕事はまだ忙しいだろう。おじいちゃんはまたすぐ来ると言っていたけど、次はいつ会えるんだろう。

そう思っていたら、二週間後におじいちゃんはまた村に来た。

結局おじいちゃんは森の民の村に帰ったあと、護衛なしで一ヵ月に一度のペースでうちに来て一週間滞在することをフィリップおじさんに了承させたらしい。

俺は嬉しかったが、フィリップおじさんはかわいそうだ。いつか会ったら労ってさしあげたい。

それからは、朝は父さんと剣術や基礎トレーニング、昼はおじいちゃんがいれば弓術、いなければ自主トレ、夕方は母さんと座学に勤しんだ。

剣術は正直まだまだだ。

弓術はそこそこの出来で、おじいちゃんに習い始めて半年を過ぎたあたりからアモンに乗りながら射る練習を始めた。

医学はとりあえず知識を詰め込んでいる状況。最近は診療所の母さんの近くに座って、診察の様子を見せてもらうこともある。

精霊のエレインとヴェルデも時々村に来てくれた。

当初は従魔術を使った【念話】などの練習をしようと思っていたが、二人は従魔術の鍛錬の方法がわかるわけではないらしい。

その代わり彼らには水、風、土の魔法を中心に属性魔法を教わった。

そして、あっという間に一年の時が流れた。

今日は四歳になった俺の狩りデビューの日である。

「ライル、勝手にどこかに行かずに、危ない時はお父さんたちをちゃんと頼るのよ」

狩りに行くのは俺、アモン、父さん、おじいちゃん。母さんは自分が行かないので、どうしても心配なようだ。

「わかってるよ。ちゃんとできるから心配しないで」

「まぁ、あなたなら大丈夫でしょうけど、それでも気は抜かないでね。アモンちゃんもライルをよろしくね」

アモンは『任せて！』と軽く吠えた。

この村の周りには人に危害を加えるような魔物はほとんど出ないが、聖獣の祠よりも奥には強い魔物が棲んでいると言われている。

今日の予定は散策しながら聖獣の祠まで行き、帰って来ようというものだった。

行きは主に野草やきのこの採取をしながら進んだ。自分たちの狩場のどこにどんな植物が生えているのか、それを実際に歩いて把握することが大事なんだと父さんは教えてくれた。それらを把握することで、動物や魔物の痕跡や些細な異変にいち早く気付く。それが狩りにも役に立つそうだ。

「例えば、ここにはターグ草がこの前まで生えていたが、それがなくなってる。なぜだかわかるか？」

父さんの問いを聞き、俺は考える。ターグ草はまずいので人は食べないし、好んで食べる魔物がいるというのも聞いたことはない。毒にも薬にもならないし……

「枯れちゃったとか？」

「お、正解だ。では、枯れた理由まで考えてみよう。ヒントは地中だ」

「……もしかして、トカゲモグラ？」

「その通り！　ターグ草は地中深くに根を張るが、地中に棲む魔物であるトカゲモグラは、巣を作る時にその根を傷つける。しかも巣の壁に塗る粘液がターグ草には有害で、あっという間に枯らしてしまう。だからこの下にはトカゲモグラがいる可能性が高いとわかるんだ」

「トカゲモグラは魔法じゃ見つけられないからね。ヒューゴくんみたいにフィールドワークを普段から欠かさないようにしてないと発見は難しい」

おじいちゃんが父さんの言葉に感心している。トカゲモグラを魔法で発見できないのは、トカゲモグラの粘液が魔法での探索をジャミングできるからだ。トカゲモグラは弱くて逃げ足が遅いものの、その特性ゆえに捕獲難度は高いと言われている。

俺が「すごいね」と言うと、父さんは少し照れていた。

しばらく歩いていくと、遠くで兎の魔物ホーンラビットが五匹で固まっているのが見えた。

おじいちゃんを見ると頷いたので、俺はホーンラビット目掛けて次々に矢を放つ。

ところが四匹は仕留められたが、最後の一匹が岩陰に隠れてしまった。

魔法を使えば仕留められるけど、魔法を練習しているのは内緒だしなぁ……

「さすがライルだね。じゃあ今度はおじいちゃんが良いところを見せようかな」

おじいちゃんはそう言って、ホーンラビットが隠れた岩より高い位置に狙（ねら）いをつけて矢を放った。

その矢は放物線を描き、隠れていたホーンラビットに的中。

見事な曲射（きょくしゃ）だ。

「魔法は使ってなかったよね？」

俺が念のため確認すると、おじいちゃんは頷く。

「使ってないよ。風魔法で同じようなことはできるけどね。だったら弓を使わず、最初から魔法で仕留めればいいだけだろう？　だけどそんなことをしたら、食べられるところが減っちゃうからね」

「ライル、おじいちゃんが仕留めたやつと自分が仕留めたやつを比べてみろ」

父さんが言う通り見比べてみると、その違いは歴然（れきぜん）としていた。

俺の仕留めたホーンラビットは血まみれで、内臓（ないぞう）が出ているものもいた。一方、おじいちゃんの仕留めた方は心臓をきれいに射抜（いぬ）かれて全く血が出ていなかった。

「こうした方が美味（おい）しく食べられるしね。それにこの向きで矢を刺せば血抜きが簡単なんだよ」

すごい……そこまで計算して的確に仕留めるなんて、次元が違うと思った。

「弓は遠距離（えんきょり）の物理攻撃。魔法は便利だけど、時にはこのような原始的な攻撃が有用な場合もある。もちろん状況に応じて魔法効果を付与するけど、高ランクの魔物だと魔法が効かなかったり、弱点が少なかったりするからね。そういう時に弓が活躍するというわけなんだ。だから普段から魔法に頼りすぎない鍛錬を心がけているんだよ」

おじいちゃんの言葉には、ものすごく説得力があった。

「僕もできるようになりたい！」

「じゃあ、ライルも明日から曲射を練習してみようか」

「うん！」

俺は、また練習できることが増えたのが嬉しかった。

その後俺たちは、ホーンラビットの処理をしてから祠に向かった。

前回同様、聖獣の祠の掃除をし、祈りを捧げる。

『ライルとずっと一緒にいられますように』

聖獣であるアモンは誰にお願いしているつもりなんだろう……なんて思いつつ、俺もアモンや家族といられるように願った。

お昼は祠のそばで食べることになった。

エレインとヴェルデが近くで見ているはずだが、もちろん出てはこない。

エレインたちは俺の家族にバレないよう普段から注意して行動しているが、おじいちゃんがいる時は特に警戒《けいかい》していいるらしく【念話】もしないように言われている。エレインいわく、おじいちゃんは只者《ただもの》ではなく、もしかすると、アモンが聖獣だと気付いているかもしれないと疑《うたが》っているらしい。

でもさすがにそれはないと思う。聖獣と関わりが深い森の民の長なんだから、知ってたらアモンを放っとかないだろう。

昼食を終えて村に帰る道中、タランチュラクイーンに遭遇《そうぐう》した。赤い体に紫色の爪を持つどでかい蜘蛛《くも》の魔物だ。

実はこいつは聖獣の祠より奥を住処《すみか》とする魔物だが、時々獲物《えもの》を追ってこちら側までやって来る。

「こいつはライルでも倒せないことはないが、毒が厄介《やっかい》だから今日は俺たちが相手をしよう」

「そうだね。まだ初日だし、無理させることはない」

父さんとおじいちゃんがそう言って前に出た。ここは大人たちの言うことを聞こうと、俺は一歩下がったが、その時だった。

『だったら僕に任せてー！』

アモンが突然飛び出して、タランチュラクイーンの前で前方宙返《ちゅうがえ》りする。

すると尻尾から風の刃が発生し、タランチュラクイーンは身構える間もなく真っ二つになった。

あっという間の出来事に父さんたちは呆然としている。

あれは風魔法【ウィンドカッター】だ。アモンはここ最近、ヴェルデに魔法を教わっていたので、みんなに見せたかったのだろう。

非常に満足げな様子で帰ってきて、俺の前でお座りするアモン。これは『褒めて』のポーズだ。

俺はアモンに『よくやったな』と伝えながら、大人たちに「僕がやらせたわけじゃないけどねー」と聞こえるように言って、アモンの頭を撫でてあげた。

「ま、まぁとりあえず回収しようか」

我に返ったおじいちゃんはそう言って、タランチュラクイーンの方を見るが、ふと動きを止め呟く。

「何かいる」

おじいちゃんはゆっくりとタランチュラクイーンに近づいて、それを確認した。

「カーバンクル……なのか？」

おじいちゃんの言葉を聞き、俺たちも近づいた。

タランチュラクイーンのそばには、紫色で耳の長いリスのような小さな魔物が横たわっていた。

体長は二十センチほどで背中には黒い羽が生えており、額（ひたい）に漆黒（しっこく）の石がついている。

「普通のカーバンクルとは違うようだな」

おじいちゃんは冷静に観察しているが、今はそれどころではない。

「おじいちゃんどいて！」

俺はそのカーバンクルのような魔物をよく見る。

まだ息はあるが、この状態は……

父さんも気付いたのか、残念そうに言う。

「かなり毒が回っているようだ。お母さんなら助けられるが、家まで持たないだろう」

タランチュラクイーンの毒の厄介なところは、相手の体内に入ってから毒性が強まることだ。

初期段階では通常の解毒薬（げどくやく）が十分に効くが、毒性が強まるにつれて薬効の高い解毒薬でないと効かなくなり、末期では魔法による治療（ちりょう）しか方法がない。

この魔物の状態は明らかに末期だ。高位の聖属性の魔法を使い治療するしかない。

「かわいそうだが仕方ないよ。弱肉強食（じゃくにくきょうしょく）はこの世の常だからね。僕らだって必要な命をいただいて生きてるんだから」

おじいちゃんの言う通りだ。僕らがホーンラビットを狩ったように、タランチュラクイーンだって必要だからこの子に牙を向けたのだろう。

助けたいのは俺のわがままなんだよな……

そう思った時、魔物の小さな足がわずかに動き、俺の服を掴んだ。

そして「くー」と微かに鳴いた。助けを求めていると思った。

「おじいちゃん、僕は後悔したくないよ」

母さんから教えてもらった知識はある。

助けられる可能性があるのに、目の前で助けを求めているこの子を見捨てることなんてできない。

たとえ俺のわがままだとしても、助けたいという気持ちを止めることはできない。

俺は決意してカーバンクルに手をかざし、魔力を放出させた。

タランチュラクイーンの毒は末期の場合、ただ強い聖魔法をかけるだけではダメなのだ。

聖属性には免疫の活性、細胞分裂の促進、毒や瘴気の浄化作用がある。今回の毒を浄化するほどの強い聖魔法を一気にかけると、過剰な活性により免疫が暴走し、ショック死に至る場合がある。だからまず血液の中を通すように俺の魔力を送り込み、そしてその魔力を少しずつ聖属性に変換して体内の毒性を徐々に弱める。

循環させている魔力の淀みがなくなったのを確認し、回復魔法をかける。

「【エクストラヒール】！」

強い光があたりを包んだ。

村に戻ると、家の前で母さんが待っていた。

俺を見て安堵の表情を浮かべたが、アモンが見慣れない魔物を乗せていることに気付き、改めて俺の顔を見る。

「何があったか教えてくれるわね？」

俺はありのままを母さんに話した。助けずにはいられなかった自分の気持ちも。

「あなたは頭がいいから、お母さんがまだ魔法を教えなかった理由がわかってるわよね？　魔力が多い人ほど事故を起こしやすい。だから特に回復魔法はステータスボードが付与されて、あなたの魔力量が正確にわかってから教えた方がいいと私は考えていたの」

もちろん、それはわかっていた。

回復魔法は、前世のゲームのように強い魔法をかければ良いというものではない。

相手のダメージや体の大きさを正確に把握し、それに合わせて適切な強度の回復魔法を選択しないと過回復を起こすことがある。

過回復とは過剰な免疫の活性化や異常な細胞分裂が起こることにより、逆に体が傷つくことだ。最悪の場合は死に至る。特に今回は、回復魔法をかける前に少しずつ解毒をするという、繊細な技術が必要だった。ほっとけば死んでしまったとはいえ、一歩間違えれば俺がとどめを刺しかねない状況だったのだ。

母さんは俺と目線を合わせるように屈んで、俺の目をじっと見つめた。

「医療に携わる者は選択を迫られる時があるの。今日あなたはその選択をして踏み出した。正しいかどうかは私が決めることじゃない。また同じ状況になってもあなたはきっと踏み出すんでしょう？」

「うん」

「だったら、また助けられるように力をつけるしかないわね。明日から魔法の練習も始めるわよ。もちろん基礎から」

母さんは俺の肩をポンと叩いて立ち上がり「その子が助かって良かったわね」と言ってくれた。

夕飯前に俺はアモンといったん部屋に戻った。

アモンの背中に乗っていたカーバンクルをベッドに下ろす。

すでに意識は回復しているが、まだ万全の状態ではない。

俺はこの子の魂に魔力を送って【念話】で語りかけてみた。

『聞こえる？　体調はどう？』

『大丈夫だよ。僕を助けてくれたの？』

『そうだよ。回復するまでここにいていいからね。それともずっとここにいる？』

最後の質問はなんとなく聞いてみただけだ。

アモンが帰り道に『家族が増えるの？』なんて聞いてきたから、カーバンクル本人が良ければくらいのつもりだった。

すると、カーバンクルは突然ポロポロと泣き出した。

『僕と一緒にいてくれるの？　誰も僕とはいてくれなかったよ？』

おじいちゃんが言っていたように、この子は見た目が普通のカーバンクルとは違う。

一般的なカーバンクルは黄緑色の体に、赤い石が額についているのだが、この子はそのいずれも色が異なっているうえ、羽が生えているのだ。

魔物の世界では、亜種や変異種（へんいしゅ）が生まれるのはそこまで珍しいことではない。

というかこの世界では、異種族の交配も条件が揃えば可能らしいので、もしかしたらカーバンクルと他種族の子だったのかもしれない。

話を聞いてみると、この子は見た目の違いが原因で他のカーバンクルに仲間外（はず）れにされて、群（む）れから追い出され、一人でずっと森をさまよっていたらしい。

そこでタランチュラクイーンに襲われたそうだ。

よくある話と言えばそうなんだろうが、本人はさぞ辛かっただろう。

アモンが俺の魂を通して、カーバンクルに優しく話しかける。

『一人は辛かったよね？　僕もライルが一緒にいてくれるから、一人じゃなくなったんだ。君もここにいれば大丈夫だよ』

俺は改めてカーバンクルに尋ねる。

『俺たちと一緒にいるかい？』

『うん』

俺は従魔契約を結ぶため、カーバンクルに魔力を送って名前をつける。

「ノクス」

大切な家族が一人増えた。

◆

数日でノクスはすっかり元気になった。

まるで弟のように、いつもアモンにくっついている。

それから数週間経って、ノクスも家族に馴染んできた頃――

俺が家の庭で弓の練習をしていると、大きなリュックを背負った男の人と、二メートルを優に超える大きな熊の魔物が一緒に歩いているのが見えた。

俺は彼に見覚えがある。一年前、おじいちゃんと一緒に魔道具を見せてもらった商人、名前は確か……マルコさんだ。

「こんにちは！　マルコさんですよね？」

後ろから声をかけると、彼は顔にかかった暗い紫の前髪をかき上げながら振り返った。

「そうだけど……あれ？　君は確かシャリアス様のお孫さんの天才少年かな？」

「あはは。天才少年ではないと思いますが……シャリアスの孫のライルです」

「天才少年さ。前に見せた魔道具に応用されている属性魔法の理論は、王立学園の卒業生でもなかなか理解できないからね。将来は王都で研究者にでもなるのかな？」

「たまたまです。それに僕はこの村が好きなので、ずっとここにいますよ」

「確かにここはいいところだもんねー。ここなら、ウーちゃんたちとも静かに暮らせそうだ」

マルコさんは隣にいる熊の魔物、ワイルドベアを撫でた。

「そのワイルドベアはウーちゃんっていうんですか？」

「そうだよ。本当の名前はウーゴだからウーちゃん。僕は従魔術が得意だからね。こうやって従魔と一緒に商売をしてるんだ」

マルコさんは前に会った時にもウーちゃんを連れていた。

俺が従魔術を知ったのはマルコさんと会ったあとのことだったが、アモンの主人になってから、いつかマルコさんとその話をしたいと思っていたんだ。

「マルコさん！　僕に従魔術のことを教えてくれませんか？」

「うーん、教えてあげたいけど従魔術はすごく難しいんだよ。最初の契約も大変なんだ」

「それは大丈夫です！　もう契約してます」

「えっ⁉」

俺は見せた方が早いと思い、庭で日向（ひなた）ぼっこしながらこっちを見ていたアモンとノクスに手を振る。

「アモーン！　ノクスー！　こっちにおいでー！」

アモンたちは『『どうしたのー？』』と言いながら走り寄ってきた。

その様子を見たマルコさんは、薄い紫の目を皿のようにして固まった。

「この子たちがライルくんの従魔……ライルくんっていくつだっけ？」

「四歳です」

「……四歳で従魔契約を成功させた？」

独り言（ひとりごと）なのか質問なのかわからなかったが、俺は一応訂正（ていせい）する。

「アモンと契約したのは三歳の時です」

「三歳……三歳で従魔契約……しかも二体……」

マルコさんがなんかブツブツ言い出した。

そして、彼は突然俺を抱き上げて――

「すごいすごいすごいすごいよ！　三歳で従魔術を扱えるなんて！　僕は自分が天才なんて呼ばれていたことが恥ずかしい。君は本当の天才少年だったんだ！」

俺を抱き上げたままくるくると回り始めるマルコさん。

アモンとノクスはなぜか『ワーイ』と言って、周りをぐるぐる走り回っていた。

その後、少し落ち着いたマルコさんに俺は聞いてみる。

「僕の歳で従魔術が使えるのは、そんなにすごいことなんですか？」

「僕は八歳で従魔術に成功したんだけど、それは従魔術を成功させた最年少記録で、十三年経った今でも破られてないと思ってた。こう言えば、そのすごさがわかるかな？」

それは確かにマルコさんが驚くわけだ。最年少記録を五歳も更新されたんだから。

「ごめんなさい。僕なんにも知らなくて。家族からすごいと言われても比較できる人がいなかったので」

「いやいや、いいんだよ！　むしろ嬉しいんだ。従魔術の世界にライルくんのような子が現れてね。従魔術はあまり人気がないって知ってるかい？」

「初めて聞きました。どうしてですか？」

「まず習得が難しい。二十代で習得すれば早い方だよ。複雑な魔力操作が必要だから厳しい鍛練が必須なんだ。そのうえ魂を繋ぐなんて成功させた人間にしかわからない感覚だから、誰かに教えてもらうのも難しい」

魂自体が目に見えないから、それは仕方がないことだ。精霊のエレインのサポートで、その感覚を掴めた俺はラッキーだったんだろう。

マルコさんは続ける。

「そしてもう一つの理由は、高い難度に対して成果が低いと考える人が多いからだ。その労力があったら、他のスキルや魔法の習得を目指した方がいいってね。だから従魔術は特に冒険者には人気がない」

「冒険者なら強い魔物の相棒がいた方が戦いやすいんじゃないんですか？」

「強い魔物と契約するよりも、強い仲間とパーティを組む方が簡単だからね。毎日のご飯も用意しなきゃいけないし、お金もかかる」

なるほど……そう言われてみると、従魔術が不人気なのも納得できる。俺とマルコさんは数少ない同志というわけだ。

「ところで一つお願いがあるんだけどいい？」

「なんですか？」

俺が聞き返すと、マルコさんはなぜかもじもじしながら呟くように言う。

「アモンくんとノクスくんをさ……その……モフモフしてもいい？」

「えっと……『いいよ』って言ってますよ。優しくしてあげてくださいね」

俺がそう伝えると、マルコさんは目を輝かせて心ゆくまでモフモフを堪能（たんのう）していた。


「ありがとう。ごめんね、僕モフモフが大好きで……」

しばらくアモンたちとじゃれ合ったマルコさんが、お礼を言ってきた。

「いえいえ。ウーちゃんもモフモフしてますもんね」

「そうなんだ！　ウーちゃんの毛は硬（かた）そうに見えて実は柔（やわ）らかくて、特に胸のところが最高なんだ！　うちの子はみんなモフモフなんだよー」

モフモフ愛が止まらないな……それにしても「うちの子はみんな」ということは……

「ウーちゃん以外にも従魔がいるんですか？」

「いるよ。例えば……【召喚（サモン）】チル」

マルコさんがそう唱（とな）えると、彼の手元に魔法陣が現れて、そこから胸に立派なモフモフの毛を蓄えた青い鳥が出てきた。

これが前にヴェルデが言っていた従魔を呼び出す【召喚（サモン）】か。

「この子はクラウンバードのチーちゃん。手紙や小さい荷物を運（はこ）ぶ時に力になってくれるんだ。他にもサキランドホースとかヒツジザルとか全部で十匹の従魔がいるよ。ほとんど村の入り口で待ってもらってるけどね」

「たくさんいるんですね」

「同じ種族の従魔を何匹もっていうのはあるけど、みんな違う種族で十匹っていうのは珍しいかもしれない」

「たくさんの従魔を連れて、旅をするのは楽しそうですね！」

「まぁね。だけど本当はこういう静かなところで、従魔術の研究をしたいんだ」

あれ？　てっきり好きで旅商人しているのかと思ったら違ったようだ。

「それじゃあ、なんで旅商人をしてるんですか？」

「研究者はお金にならないからね。王都の研究所で働くって選択肢もあったけど、王都でこの子たちがみんな快適に暮らすのは難しい。旅商人なら旅の間は窮屈な思いをさせなくてすむから、この仕事を続けているよ」

マルコさんは従魔のことを第一に考えている。家族を大切にできる人なんだな。

「ウーちゃんたちはマルコさんの従魔になれて幸せですね」

俺の言葉を聞いたマルコさんは恥ずかしそうだったが、ウーちゃんとチーちゃんは誇らしそうにしていた。

マルコさんは一つ咳払いをすると、尋ねてくる。

「アモンくんもノクスくんも見たことない魔物だけど、なんていう種族なの？」

「それが、わからないんです。まだステータスボードがなくて確認ができないので」

アモンは聖獣だが、それは種族ではない。前世では柴犬だったけど、それがこの世界の種族とも限らないだろう。ノクスはカーバンクルの血が入っているとは思うが、ここまで見た目が異なると前に予想した通り、他種族との交配種の可能性がある。

来年授かるステータスボードがあれば、従魔のステータスを確認できるらしいが、それまでは種族名はわからないのだ。

「ライルくんは四歳なんだもんね。話してるとついつい子ども相手だってことを忘れそうになるよ」

マルコさんが感心したように言った。

ヤバイ……そういえば敬語で話す機会なんて滅多にないから、つい子どもらしくない話し方になっていたかもしれない。

「そういえばライルくん、従魔術について教えてほしいって言ってたけど、どんなことが知りたいの？」

「いろいろです。契約の方法以外はなんにも知らなくて、何を練習したらいいのかもわからないんです。さっきマルコさんがやってた【召喚（サモン）】も、遠く離れた従魔と話すこともできません」

「契約の方法は誰に習ったの？」

「えっと……なんかの本に書いてあったのを真似してみました」

精霊に教わったとは言えないので、俺は適当にごまかした。

「だから教えてくれる人がいないってことか。それにしても、本の知識だけで従魔契約を成功させるとは……天才は違うんだな、うんうん」

勝手に納得してくれたし、とりあえず大丈夫だろう。

マルコさんは俺に向き直って説明を始める。

「契約の時に魂を繋いだのはわかるよね？　つまり従魔術において重要なのは魂なんだ。見えなくても、従魔契約した者同士は常に魂が繋がっている」

「それは魔力で繋がってるんですか？」

「詳しくはまだ解明できていないんだよ。魔力って説もあるんだけど、実際は魔力が切れても魂の繋がりが切れることはない。だから何か見えない糸のようなもので繋がっていて、そこに魔力を通してやり取りしているって考え方が一般的だね」

「やり取りする時は魔力を使っているってことですか？」

「そうだよ。【念話】をする程度なら自然回復する魔力量の方が多いから、魔力切れを気にする必要はない。ただ、【召喚（サモン）】となると結構魔力を消費するよ」

普段アモンたちと魂で会話していても魔力の消費を感じないのは、距離が近いため、より消費する魔力が少ないからなのだろう。

マルコさんは言葉を継ぐ。

「どうやって遠距離の【念話】や【召喚】を練習するかだけど、方法は単純で【念話】しながら少しずつ従魔と距離を取っていくんだ。その時に魔力の流れを意識すると、相手と繋がる糸のようなものを伝って魔力が流れていることに気付く。あとはそれを感じながら【念話】すればいい。そのうち相手がどこにいても無意識に話せるようになるよ」

具体的ですごくわかりやすい練習法だ。

「あと、ライルくんはすでに二匹の従魔がいるから、片方だけと【念話】する練習をした方がいいね。練習のやり方はさっきの方法に加えて、どの糸が誰に繋がってるかを意識すればいい」

なるほどな……遠い距離での【念話】よりもこっちを先に練習した方がいいかもな。

俺は精霊のエレインとヴェルデとも従魔契約しているので、こっちでアモンやノクスと話していることがだだ漏れになったら、彼らもきっと迷惑だろう。

マルコさんは説明を続ける。

「次に【召喚】だけど、先に【感覚共有】ができるようになった方がいいね」

「【感覚共有】っていうのは、従魔と視覚や聴覚を共有することですか？」

「さすが、物知りだね。【念話】の時には魔力に言葉を乗せるけど、【感覚共有】は映像や音を魔力に乗せてやり取りするんだ。上級者だと、過去の記憶の映像をやり取りすることができるんだよ」

そんなこともできるのか。それならいつかノクスたちに、俺の育った島の風景を見せることもできるのだろうか。

「【召喚(サモン)】は、従魔そのものを魂の繋がりを通してこっちに引っ張り出すイメージでやるんだ。これは感覚を掴むまで反復練習するしかない。情報だけをやり取りするのと違って、体ごと引っ張ってくるのはかなり難しいよ」

　マルコさんの言う通り、物質を別の空間から転移させるのだから難度は高くて当然だろう。でもその理論でいけば……俺は思いついたことを聞いてみる。

「マルコさん、僕が従魔のところに行くことはできないんですか？」

「……ライルくんは本当に四歳かい？　エルフの血を引いてるから本当はもう大人なのに、子どものふりをして僕をからかってるんじゃないの？」

「そんなことしません！」

　大きく間違っているわけじゃないけど、体は本当に子どもだし、ましてやからかってなどいない。

「今の話だけでそこに辿り着くなんてすごいよ。ライルくんの言う通り、【反召喚(リバースサモン)】は理論上可能なはずなんだ。だけど未だに誰も成功していないし、なぜできないのかも解明されていない。この謎(なぞ)を解(と)き明かすことは、従魔術に携わる者の夢なんだ」

　きっとこれがマルコさんのやりたい研究なんだろうと話しぶりからわかった。

「こっちが呼び出すだけじゃ一方的ですもんね。従魔だって主人に駆けつけてほしい時があるかもしれないのに」

マルコさんは俺の言葉を聞いて、ハッとした顔をした。

「ライルくんがなぜ従魔契約に成功したのかよくわかったよ」

「どうしたんですか？　急に」

「【反召喚（リバースサモン）】と聞いたら、普通はそれができたら便利だと最初に考えてしまう。でもライルくんは便利さよりも、従魔の気持ちに目が向いたよね？」

「僕だって便利だと思いますよ。実現すれば、自分が移動するためにも使います」

「それでもその少しの差が大事なんだ。従魔たちはその差……そこにある君の本質をちゃんと見抜いてる。君のさっきの言葉で僕はそれに気付いた」

マルコさんは一息入れてから告げる。

「ライルくん、僕と友達になってくれないかい？　僕は年に数回しかこの村には来られないけれど、またこうやって君と話がしたい」

「もちろんです。また従魔術のことを教えてください」

俺にこの世界で初めての友達ができた。マルコさんの方が年上だが、前世の分を加味すれば同世代みたいなものだ。

それにマルコさんは俺を対等に見てくれているのがわかるので、とても嬉しかった。

◆

それからは日々の鍛錬に従魔術が加わった。

【念話】の距離を延(の)ばすのはそこまで難しくはなかった。主にエレインが、俺の限界距離に合わせて聖獣の森の中を移動し、練習相手になってくれた。

【念話】の相手を絞る練習も同時に進めている。

エレインとヴェルデに尋ねたら、確かに俺とアモンやノクスが話している声が、途切(とぎ)れ途切れに聞こえてくることがあったらしい。もっとも二人はそれを楽しんでいたようで、あえて言ってこなかったそうだが。

まずは、アモンと目を合わせながら、【念話】では別の方向にいるノクスに話しかけたり、全員に縦一列に並んでもらって一番後ろにいる従魔にだけ話しかけたりすることから始めた。

【召喚(サモン)】の前に習得した方がいいと言われた【感覚共有】は、ゲームみたいに遊びながら練習した。例えば、記号や絵が書かれているカードを俺が見て、そのイメージを従魔たちに送り、当ててもらうなどだ。単純な丸でも受け取る側には歪んで見えたり、ぼやけて見えたりしていたそうだが、これもだんだんできるようになった。

　そして【召喚（サモン）】だ。これは最後の難関（なんかん）にふさわしく、なかなか骨が折れた。何が大変だったかって、成功か失敗か、ゼロか百かしかないのだ。まぁ頭だけ召喚できたり、内臓だけ向こうに置いてきてしまったりしたら笑えないのだが、練習しても成功に近づいている実感がなかった。

　それでも根気（こんき）よく半年ほど続けていたら、ある変化が起きた。

　魔力の流れを目で見ることができるようになり、魔力の属性によって見える色が違うことに気付いたのだ。このおかげで具体的にイメージしやすくなった。

　今までは言葉の通り引っ張り出そうとしていたけど、それは違った。

　こんな細い糸の中を従魔たちが通れるわけがない。

　思えばマルコさんにチーちゃんの召喚を見せてもらった時、彼の手元には魔法陣が出現していた。そこで、従魔たちと結ばれているこの糸を道筋（みちすじ）に、向こうとこちらをトンネルのようなもので繋げるイメージに切り替えたのだ。

　そのやり方が正しかったようで、さらに四ヵ月ほど費（つい）やし、ようやく【召喚（サモン）】を習得したのは俺が五歳の誕生日を迎える頃だった。

第二章　ただの村人じゃいられない

【召喚（サモン）】を習得して一ヵ月ほど経ったある日の夕方——

父さんが三人の冒険者を連れて帰ってきた。

「初めまして、ライルくん。私はパメラ。よろしくね」

「俺はアスラだ。よろしくな」

「クラリスです！　よろしくお願いします！」

彼らは『鋼鉄（こうてつ）の牛車（ぎっしゃ）』という王都の冒険者パーティのメンバーだ。

パメラは長いダークブロンドヘアのお姉さん。ビスチェの上から赤いローブを羽織（はお）っているが、屈んで挨拶してきたので胸元が強調されていた。

アスラは背中に大きな斧を背負った男。青みがかったグレーの髪をオールバックにして無精髭（ぶしょうひげ）を生やしており、いかにも冒険者って感じだ。

少し緊張した様子のクラリスは、赤茶の髪を三つ編（あ）みにした眼鏡の女の子だ。パメラたちに比べると少し若いように見える。

パメラとアスラは父さんと母さんが王都にいた時からの知り合いだが、クラリスは父さんたちが王都を離れてからパーティに加入したので初対面らしい。

「みなさん、初めまして。ライルです。明日からお世話になりますが、どうぞよろしくお願いします」

五歳になった俺は洗礼の儀を受けるため、森の民の村に向けて明日出発する。アスラたちはその護衛の依頼を受けて、こんな田舎まで来てくれたのだった。洗礼の儀——それは神様から名前を授かる儀式だ。と言っても俺の名前が変わるわけではないし、新しく洗礼名を授かるわけでもない。ただ名前の書かれたステータスボードを受け取るだけだ。それでも神様と繋がっていることを実感する生涯で一度きりの大切な儀式なのだそうだ。

俺が住む村——トレックや聖獣の森一帯は、バーシーヌ王国という国に属している。以前おじいちゃんが言っていたが、バーシーヌには洗礼の儀を行う神殿が聖獣の森を含めて三ヵ所ある。今回俺が洗礼を受ける聖獣の神殿では年に一回しか洗礼の儀を行わないが、他のところでは年四回、開催されるらしい。きっと田舎で子どもがいないから一回で十分なのだろう。

もしかしたら俺しかいないかもしれない。もしそうなら、前世の小学校の入学式みたいだな。

夕食の時間——

「ありがとうな。指名の依頼を受けてくれて」

「本当はあなたたちにお願いするほどの仕事じゃないんだけど、変な冒険者が来ると困ると思ってね」

父さんと母さんが言うと、パメラが首を横に振る。

「いいわよ。私たちの仲なんだから。むしろこの依頼であんなに報酬もらっていいの？」

「Aランク冒険者に護衛についてもらうんだから当然よ。それにこの村じゃお金もそんなに使わないからね」

冒険者はその町ごとに存在するギルドによって、SランクからEランクに格付けされる。

彼らは二番目に高いAランクみたいだ。すごい人たちなんだな。

「それにしてもいつ従魔術なんて習得したんだ？　ヒューゴもリナも冒険者時代は従魔術なんて使ってなかったよな？」

アスラがアモンたちを見ながら父さんと母さんに尋ねた。

父さんが何気ない口調で答える。

「アモンもノクスもライルの従魔だぞ」

「は？」

「えっ……」

「……」

父さんの言葉を聞いて、アスラ、パメラ、クラリスが固まった。やっぱりその反応なんだ……。

「ライルくんは五歳なのに従魔術を習得してるんですか？」

クラリスが聞くと、また父さんが返す。

「ライルは三歳で習得した。アモンはその頃からずっとうちにいるよ」

「三歳⁉　マルコより五年も早く……」

ここでマルコさんの名前が出るとは思っていなかったので、俺はクラリスさんに聞いてみる。

「クラリスさんはマルコさんを知ってるんですか？」

「幼なじみよ。王立学園の同級生なの。私じゃなくても、マルコは当時王都で有名だったから知ってる人は多いと思うけど。ライルくんってもしかしてマルコと友達？」

「はい、友達です。一年くらい前に従魔術のことを教えてもらいました」

「やっぱり……ちょっと前に彼に会った時、『僕よりすごい従魔師の友達ができたんだ』って喜んでたの。彼に友達ができたことも驚いたけど、まさかライルくんのことだったなんて」

友達ができて驚かれるなんて、マルコさんはそんなに変わり者だったのだろうか……？

すると、俺たちの話を聞いていた父さんが尋ねてくる。

「ライル、お前なんで最年少従魔師と友達なんだ？」

「村にたまに来る旅商人の人がマルコさんだよ。ワイルドベアと一緒にいる人。見たことない？」

この田舎には商人すら滅多に来ないし、ウーちゃんは目立つので父さんもわかるだろう。

「ああ、あの商人がマルコなのか！」

「あら、私もお買い物したことあるのに知らなかったわ。今度来たらご挨拶しないと」

田舎では有名人が来てもバレないことが多いからな。前世でも島にお忍(しの)びでハリウッドスターが遊びに来たことがあったっけ。

従魔の話が一段落すると、父さんがアスラに話を向ける。

「お前らの方は最近どうなんだ。そろそろSランクに上がるんじゃないか？」

「そんな簡単に言ってくれるなよ。Sランクに一番近いと言われてたお前らに言われると、切なくなるぜ」

父さんの言葉にアスラが嘆(なげ)いた。俺は今の話で気になったことを尋ねる。

「お父さんたちってそんなにすごいんですか？」

「『瞬刻(しゅんこく)の刃(やいば)』って言ったら、王都で知らない人はいないパーティだったのよ。ヒューゴとリナの他にあと二人いたんだけどね。あなたのお父さんとお母さんは冒険者の憧れだったの」

パメラがそう教えてくれた。父さんたちがそんなにすごい冒険者だったとは知らなかった。

「もったいないよな。うちの国では数十年ぶりのSランク誕生って言われていたのに」

「まぁ、元々ジーノが冒険者をする間の期間限定パーティだったしな」

アスラと父さんの会話に知らない名前が出てきたところで、パメラが口を挟む。

「そのジーノだけど、今年の洗礼の儀に来るわよ」

「あいつ王都を空けていいのか？　仮にも軍務卿だろ？」

父さんが呆れたような声で言った。どうやらジーノさんは父さんたちの元パーティメンバーで、国のお偉いさんらしい。

「ヒューゴとリナに会いたくて、姫様の護衛って理由をつけて無理やり来るんだろう」

「ジーノって昔から問題児だったからね」

「アスラさんもパメラさんも！　そんなことを言ったら不敬罪になりますよ！」

父さんと同じように呆れた様子で言うアスラとパメラの言葉を聞き、クラリスが焦っている。

「王都じゃこんな話しないわよ。してもジーノはなんとも思わないでしょうけどね」

「あいつ王族なのに冒険者の方が性に合ってたもんな」

「そうそうパーティにいた時なんて……」

パメラ、アスラ、父さんは思い出話に花を咲かせ始めた。

『ライル……僕もう眠いよー』

その時、アモンが声をかけてきた。ノクスはすでにアモンに寄りかかって寝ている。俺は先に失礼させてもらうことにして、ノクスを抱きアモンと一緒に部屋に戻った。

明日はこの世界に来て初めての遠出だ。前世でも家族と旅行なんて行ったことがなかったから、どうしてもワクワクしてしまう。

だけどステータスボードを付与されれば、アモンが聖獣だということが家族にバレてしまうかもしれない。カムラたちからはあれっきりなんの音沙汰もないが、動いてくれているのだろうか。

一抹の不安を抱えながら、俺は眠りについた。

◆

翌日——

いよいよ森の民の村に向けて出発する。森の民の村は聖獣の森の東側に位置する。森の中を突っ切っていく、なんて荒業はおじいちゃんにしかできないので、俺たちは森の外側から回っていく。

途中ガーボルドという町と、アイガンという村を経由して、森の民の村を目指す。

俺たちの村――トレックがあるのは広大な聖獣の森の北西の端(はし)だ。ここから南に聖獣の森を見ながら、草原を東へと抜けていく。草原の北には古龍の山脈と言われる険(けわ)しい山々が大地を分断するように連(つら)なっている。この立地こそトレックがド田舎である最大の理由だ。

トレックとガーボルドの間には村も町もなく、馬でも三日近くかかる。ゆえに野営は必至。途中の草原ではそれほど強力な魔物は出ないのだが、それでも野営をしてまでトレックに来る理由はない。特産も観光資源もないし、冒険者が喜ぶ珍しい魔物が出るというわけでもないのだ。

森に入れば多種多様(たしゅたよう)な魔物がいたり、珍しい薬草が取れたりするが、普通の冒険者は聖獣の森での狩りを禁じられている。

さらにトレックの西には、禁区とされている瘴気に満ちた混沌(こんとん)の森がある。つまりトレックから先に行ける場所はない。

そのような事情があり、トレックに来るのはマルコさんのような物好きな商人か、母さんの診療所に用のある人くらいのものなのだ。

特にトラブルもなく、トレックを出て三日目の昼過ぎにガーボルドに着いた。

ガーボルドは思った以上に大きな町で、れんが造りの建物が並び、露店では武器や防具、串焼きの肉などが売られていた。テラスのある店では冒険者と思しき男たちが大声で話し、歩けば宿屋や食堂の客引きが声をかけてきた。

異世界だ……

自分が前世で遊んだゲームの世界そのものだった。この世界に来てから魔物やエルフ、魔法などいろいろなものに触れてきたが、今日ほど自分が異世界にいると感じたことはなかった。

キョロキョロする俺を見て父さんが笑った。

「さすがのライルもびっくりしたか？　村とは大違いだろう？」

「うん！　こんなに活気があるとは思ってなかった」

「ここは聖獣様の森にも隣接してるし、古龍の山脈への入り口でもあるからな。冒険者ギルドもあって人がたくさん集まるんだ」

「聖獣様の森って村人以外は狩りをしちゃいけないんじゃないの？」

「ガーボルド周辺では認められている。ギルドに事前の届け出と帰ってきたあとの報告が必要だがな。冒険者の報告をギルドが管理することで、森の周辺の異変に早く気付けるようになってるんだ」

なるほど。森の中心部は森の民、周辺は近隣の村やギルドが管理することで成り立っているのか。

その時、母さんが声をかけてくる。

「宿に着いたわよ」

「ねぇリナ、私たちまでこんな宿とってもらって本当にいいの？」

明らかに周りと違ういかにも高級そうな建物を見て、護衛のパメラが言った。

「もちろんよ。ここの宿は小さい従魔なら一緒に泊まれるの。普通の宿は従魔を外に出さなきゃいけないからね。ちょっと奮発しちゃった！」

『ライルと一緒に寝られるの？　やったね、ノクス！』

『ワーイ！』

出かける前にアモンたちには別で寝ることになると思うと伝えてあったので、嬉しいようだ。

「お母さん、ありがとう！」

「いいのよ、ライル。久々にベッドでゆっくり休みましょう」

部屋に荷物を置いたあと、夕飯までの間は自由時間になった。

なんとこの宿屋には従魔と入れるお風呂まであるということなので、俺はアモンたちと部屋を出てお風呂に向かう。

廊下を歩いていると、ある部屋から声が聞こえてきた。

「頑張れフィオナ！　もうガーボルドまで来たんだ！　トレックまで頑張れば治してもらえる！　だからもう少しだけ頑張るんだ！」

部屋の入り口は半分以上開いていた。

思わず中を覗くと、大柄な男性がベッドに横たわる金髪の少女に必死に呼びかけている。

苦しそうに息をする少女の体内の魔力を見て、俺はすぐに彼女が苦しんでいる理由に気付いた。

「ごめんなさい、失礼します！」

俺が突然部屋に入ったので、大柄な男性は驚いて叫んだ。

「なんだお前は！」

『ノクス！　頼む！』

『まかせて！』

ノクスが俺と今にも掴みかかってきそうな男性との間に、見えない障壁を張った。

これはノクスが持つスキルの力だ。

「なっ……！」

男は見えない壁に阻まれ、さらに困惑している。

俺は少女に魔力を送りながら男に話しかけた。

「急に割り込んですみませんが、一刻を争うので。この階の八号室に母のリナがいます。

母を訪ねてきたんでしょう？　急いで呼んできてください」

先ほど男は「トレックまで頑張れば……」と言っていた。俺たちの村に来るのは、マルコさんか母さんの診療所の客くらい。これはどう考えても後者だ。

「えっ……あっ……」

「早く！」

男はハッとして走って部屋を出ていった。

俺の乱暴な行動のせいで混乱させてしまったが、今はそんな場合じゃない。

男に連れられ、すぐに母さんが来て尋ねてくる。

「ライル、状況は？」

「魔力循環不全の末期だよ。原因となる瘴気が腹部に溜まってて、すでに魔力暴走の発作が起きてる。瘴気が火属性を帯びてるから、いったん水属性の魔力を送り込んで中和してる」

「……わかったわ。念のため瘴気の属性判定を行うから、あなたはそのまま続けて。判定が終わったらただちに処置を開始するわよ」

その後、俺と母さんで三十分ほど治療をした。

俺はサポートしただけで実際に処置したのは母さんだったけど。

とりあえず少女の状態は安定し、今はスヤスヤと寝ている。

「娘を助けていただき、ありがとうございました」

男は深々と頭を下げた。

「いえ、助けられて何よりです。ただあのような状況になるまで、なぜ治療をしなかったのですか？　はっきり言ってあと一日持たなかったと思います。それに私一人では助けられなかった可能性がありました」

母さんは落ち着いて話しているが、その声は怒気を孕んでいる。あの状態を見れば、症状が出てから長期間放置していたと一目でわかるからだ。

「詳しくは言えませんが……私たちはこの国の者ではないのです。私たちの国は閉鎖的で医療が発達しておらず、娘の病気も不治の呪いとされています」

「未だにそういう国はあるんですね……」

「私も何ヵ月か前までは諦めていたのです。でも、このバーシーヌ王国であれば治療できるという話を耳にしました。すぐにでも娘を連れてきたかったのですが、出国するにも非常に厳しい条件がある国なので、正式な手続きで病気の娘を連れて出るのは不可能でした」

「亡命したんですね？」

母さんが尋ねると、男は頷く。

「はい。しかし、なんとか出国したものの治療できると聞いた場所は王都でした。王都に私たちのような亡命者が入れるはずはありません。それからいろいろな人に話を聞き、あなたの噂を耳にしてトレックの村を目指していたんです」

男の言葉を聞いて、母さんはため息をついて言う。

「わかりました。これ以上は詮索しません。ただ、お嬢さんは少なくとも月に一度、継続して治療が必要です。あては……ないですよね？」

「……ありません」

「では、ひとまずトレックに行ってください。二週間以内には私たちも帰りますので」

「よろしいんですか？　私たちのような素性の知れぬ者を……」

「他に選択肢がないでしょう？　私だって子どもの命を見捨てるなんてできないわ」

「……ありがとうございます……ありがとうございます」

男は涙を流しながら、母さんに頭を下げた。

◆

翌朝。俺が出発の準備をしていると、ドアがノックされた。

「朝からすまない。娘が目を覚ましたので一応リナさんに診てもらおうと思ったんだが、君にも声をかけた方がいいと思ってね」

昨日の大柄な男性だった。彼は金髪の少女の父親で、ザックというらしい。

「おはようございます。母は薬の材料を買いに行くと言っていましたので、まだ戻ってないと思います。ひとまず僕が様子を診(み)ましょうか？」

「あぁ、頼むよ」

ザックさんと一緒に部屋に行くと、金髪の少女がベッドから体を起こして座っていた。

「おはようございます、マリアさん。僕はライルといいます。調子はどうですか？」

ザックさんから彼女の名前は聞いていた。昨日ザックさんがフィオナと呼んでいたので、マリアは偽名(ぎめい)だろうが、そこは触れるべきではないだろう。

彼女は金色の瞳でじっと俺の目を見ていた。

「おはようございます。助けていただいてありがとうございました。おかげさまで体はとっても楽です。それから、周りに人がいない時はフィオナと呼んでいただいても結構ですよ」

「えっ？」

「お前、それは……」

ザックが慌てた。

「お父様、ライル様は私がフィオナだと知っています。お父様が取り乱した時に呼んだのでしょう？　それにこの方は信用しても大丈夫です」

昨日、あの状態で意識があったのか？　とてもそんなようには見えなかったが……

ザックさんは諦めたように頷いて、俺に言う。

「わかったよ。ただ、ここだけの話にしてくれ」

「詮索する気はありませんから安心してください。フィオナさんは見たところ大丈夫そうですが、念のため僕の魔力を流して確認してもよろしいですか？」

「お願いします」

本人の了承を得て右手を握ると、彼女は少し俯いて頬を赤らめた。

少し緊張してるのかな？　本当に自分の体が良くなったのか心配なんだろうな。

「大丈夫ですよ。もう瘴気は取り除かれて魔力はしっかり流れています。ただ一度、魔力循環不全を起こすと魔力回路が詰まりやすくなりますので、完全回復までは少し時間がかかります。詳しくは母があとで説明するはずです」

「トレックで治療を続けると聞いていますが、ライル様はご一緒には戻らないんですか？」

俺は唐突な質問を不思議に思いながらも答える。

「僕は洗礼の儀があるので、それが終われば村に戻りますよ」

「洗礼の儀……ということは、まだ五歳なのですか？　てっきり見た目は幼いだけで、私より年上だと思っていました」

「フィオナさんは……」

聞きかけて母の顔が浮かんだ。女性にする質問ではなかったかな。

「ふふふ……私は八歳ですよ」

俺のマナー違反な問いを察して、フィオナさんは笑顔で答えてくれた。

「トレックは何もない村ですが、静かに過ごせると思いますよ。僕以外に子どもがいないので、歳の近いフィオナさんが来てくださるのは嬉しいです」

「はい。私もライル様が帰ってくるのを楽しみにしてますわ」

「では、僕は戻って出発の準備をしますね。あとで母が来ると思います」

「あのっ、ライル様！」

俺が立ち上がろうとすると、フィオナに呼び止められた。

「なんでしょう?」

「念のためもう一度体を確認してもらえますか?」

「もちろんいいですよ」

よほど不安なのだろう。俺は、フィオナが少しでもリラックスできるように魔力を注いだ。

それを見ているザックさんが複雑そうな顔をしていたのが少し気になった。

その後、少し休んでからトレックに向かうというフィオナたちと別れ、俺たちは出発した。

途中の村で一泊して、聖獣の森に入り半日ほど歩いて、ようやく森の民の村に着いたのは夕暮れ時だった。

森の民の村は、その名にふさわしい森の隠れ里のような場所だ。建物は全て石造り（いしづくり）で村全体が神殿のように見える。

俺たちは到着したその足でおじいちゃんの家を訪れた。

「みんなよく来たね。長旅大変だったろう？」

「さすがに疲れたわね。父さんが毎月トレックに来てるのが信じられないわ。今日は早めに休むけどいいわよね？」

母さんがおじいちゃんに尋ねると、おじいちゃんは苦笑いして言う。

「それがね、ハンスがもう着いてるんだよ。一緒にご飯でもってさ。フィリップは今そっちの準備に追われてる」

「ハンス陛下は相変わらずね……」

陛下って王様だよな。ジーノさんという父さんたちの知り合いのお偉いさんが来るとは聞いていたけど、まさか王様まで来ているなんて……それにしても、なぜ俺たちと一緒にご飯を食べるのだろう？

おじいちゃんが話を続ける。

「そういうわけで、夕食はハンスたちと一緒だから。みんな知らない仲じゃないしいいだろ？　あっ、冒険者のみなさんも参加してね」

「いえ……私たちは失礼があっては……」

パメラは明らかに困惑しており、隣のアスラとクラリスもパメラに同調するように強く首を縦に振っている。

「ジーノもいるし、もう参加させるって言っちゃったから。悪いけどよろしく！」

おじいちゃんは無理に押し切って、パメラさんの返事も待たずに俺の方を向いた。

「ライル、夕食の時にいっぱい話そうね」

「うん。でも、アモンとノクスはお留守番だよね？」

「フィリップに事前に説明するように言ってあるから大丈夫だよ。それにライルと同い年の姫がいるからお友達になれると思うよ」

姫……なるほど、王様の娘さんも森の民の村で洗礼の儀を受けるのか。だから、王様やジーノさんが来ているというわけだ。

とはいえ、こんな田舎者と友達になりたいお姫様はいないだろう。

「ねぇねぇ、あんたシャリアス様の娘だったの？」

　おじいちゃんの部屋を出たあと、パメラが母さんに聞いた。

「そうよ。言ってなかった？」

「聞いてないわよ！　すごく緊張したじゃない！　しかも王家と食事って何よ⁉　どうしてそうなるの？　ジーノがいるって言ったって、ギルドの酒場で飲んでた頃とは違うのよ！」

「知らないわよ。私だって今聞いたんだから。だいたいハンスもハンスよ！　親戚のように思ってるのかもしれないけど、仮にも王族が今日一緒にご飯でもなんて言うかしら？　だからジーノみたいな子が生まれるのよ！」

　パメラのヒステリックが母さんにも移った。しかも王様を呼び捨てにしている。

　というか、ジーノさんって王様の息子だったの⁉　母さんたちはそんな人とパーティを組んでいたのか……

「なぁアモン。夕食の間は俺と一緒にいてくれよな」

「ノクスちゃんは私といようね」

　アスラとクラリスは、すでにアモンたちに助けを求めるほどパニックになっていた。

　夕食の会場に行くと、指示を出しながら食事会の準備を進める男性がいた。分け目がきれいな亜麻色の髪をアップバンクにした眼鏡のイケメン。彼が伯父のフィリップだ。

「フィリップおじさん。初めまして、ライルです」

「ライル！　やっと会えたね！　僕だって一度くらいトレックに行きたいって言ってたのに、あのジジバカが許してくれなくてね」

「いつもおじいちゃんが来られるようにお仕事してくれて、ありがとうございます」

「君は噂通りのいい子だね。今日は急な食事会だからあんまり話す時間はないと思うけど、滞在中にまたお話ししよう」

　伯父さんはまだ準備が忙しいらしく、すぐに去っていった。

「今日は突然このような場を設けてもらいすまない。謁見や正式な場ではないので、気楽に楽しもう！」

　バーシーヌ王国国王——ハンス陛下のかけ声と共に俺たちは乾杯し、食事会が始まった。

　食事は立食形式。気軽に食べたいという国王の希望に合わせて伯父さんが発案したらしい。

　王家側の出席者は七名だ。

　まずは国王のハンス陛下。ホワイトブロンドのオールバックと、髪と繋がる豊かな髭が威厳を感じさせながらも、決して威圧的ではなく、むしろ気さくな印象の男性だ。

　傍らにはブラウンの髪を後ろでまとめたイレーヌ王妃。派手な装飾のないドレスを纏っているが、それでも隠しきれない気品を感じさせる。

王太子のマテウスと彼の妻のヒルダ、娘のシャルロッテは、絵本の世界から飛び出してきたような家族だ。

緩くウェーブのかかったホワイトブロンドヘアに、大きなブルーの瞳のマテウス王太子はまさに王子様。ヒルダ王太子妃は印象的なピンクの長い髪を高い位置で結っている。シャルロッテ姫も母と同じ髪色だが、彼女は編み込んでハーフアップにしていた。

王太子の弟で軍務卿のジーノさんは、その立場にふさわしい軍服を身に纏い、茶色の髪も整っている。だが、場にそぐわないへらへらとした表情がなんとも印象的だ。

王国の近衛騎士団副団長のレグルスさんは獅子の獣人。ケモ耳どころではなく、完全に獅子の顔で赤茶のたてがみ。黒のフルメイルがすごく似合っていてかっこいい。

実はこの世界でも、ここまで獣に近い獣人は珍しいらしい。獣人は長い歴史の中で、多くの人族と共存し交わってきた。だから耳や尻尾など一部特徴を残している者は時々見かけるが、レグルスさんほど色濃くその特徴が現れている者は少ないのだ。

そんな肩書きも見た目も派手な人々が揃う中に、辺境の村の少年——つまり俺が放り込まれた。

おじいちゃんが紹介してくれる。

「私の孫で今回洗礼を受けるライルだ」

「ライルです。よろしくお願いします。こちらは従魔のアモンとノクスです。今回は従魔の同席を認めていただき、ありがとうございます」

俺は失礼のないように王家の人々に丁寧に挨拶した。

アモンも俺の傍らにきちんとお座りして、ノクスはアモンの頭の上に乗っている。

「あまり畏まらずともよい。儂も息子たちも小さい時からシャリアス殿に世話になっておるし、リナやフィリップにも遊んでもらった。親戚のようなものなのだ」

「俺は冒険者してた時にリナとヒューゴと同じパーティだったんだよ。アスラとパメラとも友達だし、だから君も……」

国王のあとに猛烈に喋り出したジーノさんの襟を父さんが掴んだ。

「陛下、イレーヌ様。ご無沙汰しております。ジーノはあっちで預かりますから」

「そうね。それがいいわ」

父さんの言葉に王妃が強く頷くと、ジーノさんは首根っこを掴まれたまま引っ張られていった。父さんが王子をぞんざいに扱う光景に軽く衝撃を受けたが、王家のみなさんが気にしていない感じから察するに、いつものことなのだろう。

「それにしても本当に五歳で従魔がいるのだな。最初聞いた時は驚いたが、さすがシャリアス殿の孫だ」

国王はアモンたちをまじまじと見て言った。

「それにとっても礼儀正しいわ。ロッテは少しお転婆だから見習った方がいいかもね」

「もうお母様ったら！　ライル、あっちでお話ししよう！」

シャルロッテ姫は初対面の俺の袖を引っ張って、躊躇なく連行していく。首根っこを掴まれるよりはマシだが……なるほどお転婆だ。

アモンとノクスがついてこないと思ったら、途中でアスラたちにガッチリ捕まっていた。まぁすぐ近くにいるし、たまにはいいだろう。

「お城には子どもは私だけだから、同い年の子とお話しする機会はあんまりないの。だからお喋りしてもいい？」

シャルロッテ姫が目を輝かせながら尋ねてきた。

「いいですよ。シャルロッテ様はどんなお話がしたいですか？」

「待って！　私のことはロッテって呼んで」

「ロッテ……様」

「様はいらないわ。敬語も禁止！」

「でもさすがにお姫様を呼び捨ては――」

「いいから！」

「わ、わかったよ。ロッテ」

完全に負けた。この子には逆らわない方が良さそうだ。

俺が素直に従うと満足そうに頷いたシャルロッテ姫改めロッテは、早速とばかりに切り出す。

「ライルは普段何をしてるの？」

「本を読んだり、剣や弓、魔法の練習をしたりしてるよ。あと、おじいちゃんが村に来てる時は狩りにも行ってる」

「すごい！　もう魔物を倒したことがあるの？」

「弱い魔物ばかりだけどね」

俺は頭をかきながら付け加えるが、ロッテはずずいと身を乗り出して褒めてくる。

「それでもすごいわよ。知り合いの子どもでもそんな子はいないわ」

「うちは田舎だから、自分たちの食べる物は自分たちで取るしかない。そのせいで早くから教わるんだよ」

ロッテの知り合いはみんな貴族だろうから、平民とは基準が違うだろうな。

今度は俺から質問する。

「ロッテは普段何をしているの？」

「お勉強ばっかり。たまに騎士団の人たちが遊んでくれるけど、みんな本気では剣の相手してくれないから」

それはそうだろう。俺は頷いて先を促す。

「王都から出たのも今回が初めてだったの。だから今はすごく楽しくて」

「僕も村の近くの森以外には行ったことがなかったから同じだよ。村に子どもはいないし、同い年の子と話すのは初めてなんだ」

「私たち、意外と共通点多いかもね！」

「お姫様と村人なのに不思議だね」

本当に不思議だ。まさかお姫様とこんな風に喋る日が来るなんて、前世じゃ想像もできなかった。

「あ、ご飯なくなっちゃったね。私、おかわり持ってくるね！」

ロッテはそう言ってテーブルに向かって駆け出した。

だがテーブルの手前でバランスを崩してしまい……

ガシャーン！

「大丈夫かロッテ⁉」

「怪我(けが)はしてない？」

マテウス王太子とヒルダ王太子妃が駆け寄った。俺も急いでそばに行く。

「ごめんなさい。走っちゃダメって言われてたのについ……でも、怪我は大丈夫だから」

そう言いながら立ち上がったロッテだったが、顔に切り傷ができて血が流れていた。

「待って。顔を怪我してるよ」

「そうなの？　全然痛くないから大丈夫よ」

俺が指摘しても、ロッテはあっけらかんとしている。

「ダメだよ。せっかくのきれいな顔に痕（あと）が残ったら大変だから。じっとしててね」

「えっ……」

水魔法で傷口を軽く流して……

「【ヒール】！　……良かった。傷痕（きずあと）も残らなかったよ。ガラスの破片（はへん）が危ないから、こっちに移動しよう」

「う、うん」

ロッテは顔を真っ赤（まっか）にして俯いていた。

みんなが見てる中であれだけ派手に転（こ）けたら、お姫様として恥ずかしいだろうな。

「回復魔法まで使えるのね……」

「顔に似合わずスケコマシだったことの方が俺は驚いたよ」

王太子夫妻が何か言っていた。

◆

立食パーティー終了後——

「食事のあとなのに悪いね。でも、今日のうちに話しておいた方がいいと思うから。せっかくハンスも一日早く到着したんだし」

この場にいるのは僕――シャリアスと、フィリップ、リナ、ヒューゴ、ハンス、イレーヌ、マテウス、ジーノ、レグルス、そして護衛の冒険者のアスラだ。

何か重要なことが話し合われるであろうことは、みんな察しているようだった。

「おじさん？　ライルたちはもう寝たの？　俺全然話せなかったよー」

僕が早速話を切り出そうとすると、ジーノに腰を折られた。このお馬鹿さんがいるのを忘れていたよ。

「シャリアス様。ジーノはこの場に必要ないと思うわ。軍務の話もレグルスがいれば十分だから」

「ジーノは一ミリも成長できなかったのね……」

「お前は俺の息子に近づくなよ」

王妃イレーヌは嘆き、リナは呆れ、ヒューゴは牽制した。

しかし、王太子のマテウスが反対する。

「同席させるしかないよ。今から外してもあとでレグルスがジーノに問い詰められるだろう。レグルスがかわいそうだ」

マテウスの言葉に近衛騎士団副団長のレグルスは頷いていた。最後にハンスがジーノに釘を刺す。

「ジーノ、お前はこれから一言も喋るな。国王としての命令だ」

「ひどいよ……みんな……」

さて、いじけているジーノは放っておこう。ここは僕らにとって大事な局面だ。

「今日みんなと話したいのは聖獣様のことなんだ。実はね、僕はほぼ間違いなくアモンが聖獣様だと思っている」

僕の言葉を聞いても、誰も言葉を発しなかった。ハンスは静かに目を閉じて、うちの家族以外は完全に言葉を失っている。

「発言をお許しください」

沈黙のあと、最初に声を上げたのはレグルスだった。

「アモン……様は、ライル様と二年前に従魔契約したと聞きました。つまり二年前には聖獣様はすでにいらっしゃったということですか？」

「そうだ」

「それを隠しておられたのですか？　王国に」

レグルスの言いたいことはわかっていた。

聖獣様が不在の間、王都も不測の事態に備えて軍備を強化している。つまり、こちらが隠していたせいで国が不要な仕事をさせられていたのだ。

「レグルス、それは良いのだ。儂らは聖獣様がすでにいらっしゃることを知っていた」

ハンスの言葉にイレーヌとマテウスが頷いた。

レグルスも他のみんなも驚いている。さすがに僕もびっくりして、ハンスに尋ねる。

「知っていたのかい？」

「二年前に儂へ神託があったのだ。聖獣様が現れたこと、今は時ではないので待つようにということ、それからシャリアス殿を信じるようにと。まさかライルの従魔になっているとは思っていなかったがな。シャリアス殿が国に隠していたことはいいのだ」

「そうか。それは助かったよ。正直ここが最初の山場だと思っていたからね」

これは神様に感謝しないといけないな。

「えっ？　俺知らなかったよ。知ってたら安心して軍備を縮小させていたのに」

「馬鹿モン！　だからお前には言わなかったのだ、ジーノ！　軍備を縮小したら何も知らぬ者はどう思う？　そんなこともわからんから、レグルスがこのような国家機密に関わる場に同席せざるを得ないのだろう！」

本当にレグルスはかわいそうだ。

僕に向けた先の言葉だって、軍務卿の代わりにと思い発したのだろう。

ハンスが仕切り直す。

「すまぬ、シャリアス殿。話を続けよう」

「そうだね。じゃあまずライルの話をしよう。僕はこの二年間、ライルにいろいろ教えてきた。剣や弓、魔法、医術など普通は幼児に教えるレベルじゃないものまでね」

「それは聖獣様の主人として森を守るためですか？」

　マテウスの言葉に僕は首を横に振った。

「ライル自身の身を守るためさ。僕たちの一族に伝わる言い伝えがあるんだ。『聖獣の主人となるもの、世界を渡り、百千の種の主人となりて、悪しきものを滅す』ってね」

「この森やこの国だけで済む話じゃないかもしれないということか」

　ハンスが呟くように言うと、イレーヌが疑問を呈する。

「でもライルはまだ五歳でしょう？　従魔術や回復魔法を使っているところは見たけれど、森の守護を任せられるほどの力をつけるには時間がかかるんじゃない？」

「イレーヌの考えはもっともだよ。だけどライルは規格外だ。アスラから見てライルはどうだった？」

　僕はアスラに尋ねた。アスラたちに護衛を依頼したのは、ライルを贔屓目なしに評価してほしかったからだ。

「冒険者ランクで言えば、ソロでもCは堅いでしょう。遠距離、近距離、物理、魔法、回復を全てこなせるオールラウンダーです。特に魔法と弓はすでに一流だと思います。アモン、ノクスとの連携を加味するとBランクでもやっていける身のこなしでした」

「五歳にしてそこまで……」

愕然（がくぜん）とする王家のみなに、リナとヒューゴくんがさらに追い打ちをかける。

「魔力操作に関してはとっくに私を超えてるわ。医療や薬学の知識も私と同等よ」

「剣に関しては特別な才能があるようには見えなかった。それでも王立学園で特待生になれるくらいの実力だろうね」

みんなリナとヒューゴの話を信じられないという顔で聞いている。

そんな中、ハンスがゆっくり口を開いた。

「シャリアス殿はライルをどうしたいのだ？」

「ライルに決めさせたいと思ってる」

「五歳の子どもに何を決めさせるのだ？」

「今、何をしたいかだ。それが家族としての僕の決定だ。そのためなら僕は相手が誰であっても闘（たたか）う」

国であっても、というのは言わなくても伝わっただろう。王家のみなに緊張が走ったのが見てわかった。僕は続ける。

「森の民の長としても同じ結論に辿り着いた。言い伝えを信じるなら森には縛りつけておけない。ライルは世界を渡ることになるのだろうから、自由でなくては」

「それはそうだな」

ハンスもみんなも理解してくれたみたいだ。

「だから結局はライルに決めさせるしかないんだ。そしてそのために、ライルには力をつけてもらう必要がある。規格外程度では足りないんだ。どんな相手と対峙するのか未知なんだから。僕たちはこれからそのサポートをする。身勝手かもしれないけど、ハンスたちにも協力してほしい」

僕がそう言って頭を下げると、ヒューゴくんとリナも続いた。

ハンスは笑って答える。

「元よりそのつもりだ。シャリアス殿を信じるようにと神託があったし、何よりシャリアス殿の孫は儂にとっても家族みたいなもんだからな！」

「ロッテはすでにライルくんにメロメロだからねぇ。何かあったら困るよ」

マテウスの言葉に反応したのはリナだ。

「ちょっとマテウス！　あなた、ライルを王家に取り込もうなんて考えてないわよね？」

「考えてないけど婚姻は本人の意思だから。決めるのはライル、なんだろ？」

「よかったわ！　ロッテの婿候補が見つかって」

「ちょっとイレーヌ様まで……」

和やかな空気に戻ったことだし、とりあえずの問題は一つ片付いたかな。

あとはライルがステータスボードを付与されたあと、彼を交えて話し合わなければ。

◆

王家との食事会の翌日――

洗礼の儀が執り行われる神殿の前には、三十人くらいの子どもたちが集められている。

俺――ライルはその中でロッテと一緒に待っていた。

「なんか少ないね」

「聖獣様の神殿で洗礼を受けられるのは、一部の貴族や森の民の子どもだけよ」

ロッテにそう言われて改めて周りを見回してみると、確かにみんな良いところの子どもに見える。

それにしても、周囲からチラチラ見られている気がする……田舎者がこんなところにいるから浮いているのかな……

俺は不安に思ってロッテに尋ねる。

「僕だけ場違いじゃない？」

「何言ってるのよ。シャリアス様の孫なんだから、ここにいて当然でしょ？」

そう言われても居心地は悪いんだよなと思っていると、やがて白い石造りの重厚な扉が開かれて、子どもたちが神殿の中にぞろぞろと入り始めた。

俺たちも中に入ると、真ん中に一本道があり奥の祭壇に続いていた。祭壇の奥の壁一面には、水が滝のように落ちてきていて、その水が一本道の両脇を流れている。

神官の男性が祭壇の前に立ち、洗礼について説明を始める。

「これから一人ずつ名前を呼びます。呼ばれた者は私の前に来て、片膝をつき祈りを捧げてください。ステータスボードが付与されると、胸の中で何かが光ったような感覚があります。それを感じたら立ち上がり、退出してください。ステータスボードは大切な情報です。退出後もご家族以外に無闇に見せないように」

うん、よくわからなかったな。でも、こういう時は前の人の真似をすればいい。お焼香と同じだ。

「ではライル、前に」

えっ⁉　俺が最初？　身分が低い順なのかな？　だったら前もって誰かに聞いておけばよかった……。

仕方ないので、傍から見て失礼がないようにだけ心がけて、祈りを捧げた。

すると、確かに胸の奥で何かが光ったみたいな不思議な感じがした。

これで良いのかなと思いつつ立ち上がり、一礼して扉に向かって歩く。特に何も言われなかったからセーフだったはずだ。

それにしてもこのタイミングでカムラたちと会えるんじゃないかと思ってたけど、なんにもなかったな。本当にこのあと大丈夫なのだろうか。

神殿を出るとおじいちゃん、父さん、母さんにすごい笑顔で迎えられた。

なんだかとても嫌な予感がする。

「お疲れ様、ライル。とりあえずあっちに行こうか？　アモンたちも待ってるから」

おじいちゃんはそう言って、俺の手を取った。


おじいちゃんたちに連れられて神殿近くの建物のとある部屋に入ると、予想外の人たちがいた。

フィリップ伯父さん、アスラ、国王、王妃、王太子、軍務卿に騎士団の副団長までいる。

どういうことだ？

「みなさんお揃いでどうしたんですか？　ロッテを待ってるんですか？」

「ライルを待ってたのだ。まぁ座りなさい」

国王に促されて座ると、横にアモンとノクスが来た。

なんだか俺が囲まれるような席の配置なんだけど……

「ライル、今日は大事な話があるんだ」

おじいちゃんは笑顔だけど、目はすごく真剣だ。

「そろそろアモンのことを話してくれないかい？」

「えっ……知ってたの？」

アモンのことしか言われてないのに、思わず本音が出てしまった。

おじいちゃんは笑顔のまま、頷いて言う。

「まぁね。でも、ライルの口から話してもらえると嬉しいな」

俺は必死で頭を回転させた。

どこまで話すのが正解だろう？　転生の件はダメだとして、やはりアモンが聖獣であることまでか。おじいちゃんの口ぶりとここに集められたメンバーからして、おそらくそのくらいはみんな知っているとみてよさそうだ。

「みなさん、ここにいるアモンは聖獣様です。今まで黙っててすみませんでした」

俺はまず、素直に言って謝ることにした。こういう時、下手な言い訳は逆効果でしかない。

「うん。僕も知ってて知らんぷりしてたから、あまり言えた立場ではないんだ。だけど話してくれた方が嬉しかったな」

「……」

おじいちゃんの寂しそうな顔を見て、俺は言葉に詰まる。でも、神様との打ち合わせがあったなんて言えないし。

『ライル様、私とヴェルデをお呼びください。お手伝いします』

エレインの声が聞こえてきた。確かに俺だけで説明するよりも説得力があるかもしれないし、助かる。

俺は、みんなに向けて告げる。

「実は僕にはもう二体の従魔がいます。説明のためにこの場に呼んでもいいですか？」

「おっと……いきなり予想外だ。でもそうだね、呼んでもらえる？」

おじいちゃんの許可をもらったところで、俺は唱える。

「【召喚（サモン）】エレイン、ヴェルデ」

俺のそばに魔法陣が出現し、そこから二人が出てきた。

エレインはドレスの裾（すそ）を持ち頭を下げ、ヴェルデも胸に手を当てて礼をしている。

そうしていると、本物の貴族と執事のようだ。

「みなさま、お初にお目にかかります。私はエレイン。聖獣様の祠の湖の精霊でございます。アモン様の聖獣就任の際、ライル様と従魔契約を交わしました」

「同じく聖獣様の祠の大樹の精霊、ライル様よりヴェルデの名を頂戴（ちょうだい）しております」

エレインとヴェルデが順番に挨拶すると、王家のみなさんは驚き、うちの家族はため息をついた。

「まさかすでに【召喚（サモン）】まで身につけてるとはね。わが息子ながらやってくれるな」

「なるべくあなたのことを把握するように気をつけてたのに、全く気付かなかったわ」

父さんと母さんが呆れた顔で言ってくる。俺が苦笑いでごまかすと、エレインがフォローしてくれる。

「私たちもみなさまに気付かれないように注意しておりましたので。ご挨拶もせずに申し訳ありませんでした」

エレインの丁寧さに父さんたちも「いえいえ」と恐縮している。場の空気をエレインが支配し始めた。

「森の上位精霊である君たちがライルの従魔になっているということは、今までライルが黙ってたのは、森の精霊たちの意思というわけかな？」

「そうです。まだ時ではなかったので」

言い切ったー！　違うけど言い切ったー！

「もっとも、私はシャリアス様ならお見通しだろうと考えてはおりました。ただ、シャリアス様が何もおっしゃらないのは何かお考えあってのことと思い、私たちもアモン様や私たち精霊について明かさずに、ライル様のサポートに専念しておりました」

確かにエレインは、アモンが聖獣だということにおじいちゃんは気付いているかもしれない、と言っていたな。

それにしてもすごい演説力だ。エレインはペテン師になれる。

それに比べてアモンは、自分の話なのに知らん顔して俺の足に寄りかかっている。

「わかったよ。アモン様について黙っていた件はここまでとしよう。元々あまり掘り下げるつもりはなかったしね」

おじいちゃんは観念したように言った。エレインに任せて正解だったね。俺は【念話】でエレインにお礼を言う。

『エレイン、ありがとう！　素晴らしかったよ！』

『お役に立てて光栄です』

エレインは淑女らしく微笑んだ。

するとおじいちゃんが咳払いをして、話を仕切り直す。

「じゃあ、次はステータスボードの話をしようか」

「ここで見せるの？　陛下たちもいらっしゃるけど……」

俺は周りを見回す。ステータスボードは家族以外に無闇に見せない方がいいはずだ。

「ハンスたちにもいろいろ協力してもらう約束をしてるんだ。そのためには、今ライルに何ができるのか知っておきたいからね」

おじいちゃんは王家の人々を見て答えた。協力してもらうって、何にだろう……？

俺は疑問に思いながらも、いざとなればエレインたちを頼ろうと決め、呪文を唱える。

「わかったよ。ステータスオープン」

俺の言葉を合図に空中にボードが出現した。サイズはある程度自由に調節できるらしいので、みんなが見えるように大きくする。

名前：ライル
年齢：5歳
種族：ヒューマン（混血）
体力：13600
魔力：408000
スキル：【徒手S】【速読】【瞬間記憶】【庇護の光】【魔力透視】【属性判別】
　　【聖魔法SS】【瘴気耐性】【水の加護】【光合成】【言語習得】【気配察知】
　　【水魔法A】【遠隔魔法】【魔力錬成】【魔力察知】【加護の恩恵】【剣術C】
　　【弓術A】【従魔術S】【風魔法B】【土魔法D】【魔法耐性】
従魔：アモン　エレイン　ヴェルデ　ノクス
称号：【聖獣の主人】【黒帯】【一流従魔師】【破邪の力】【命を繋げし者】【仙人】

「なんだかすごいのはわかるが……たくさんありすぎて見にくいな」

「普通はスキルや称号をこんなに手広く得られないからね」

「よくわからないスキルもあるわね」

父さん、おじいちゃん、母さんは冷静にボードを見つめているが、うちの家族以外は愕然としている。

「ライル様、ステータスボードについては私にお任せいただけませんか？」

「ヴェルデ、どういうこと？」

「私は先日、【系譜(けいふ)の管理者】というユニークスキルを習得しました。これを用いればライル様のステータスボードを整理することが可能です」

「そんな簡単にユニークスキルを習得できるあたりが、さすがライルの従魔だな」

父さんは苦笑いしている。

ちなみにユニークスキルとは、スキルの中でも持ち主の個性に応じて発現する珍しいスキルのことだ。

「ライル様、スキルに干渉する許可をいただけますか？」

「よくわかんないけど頼むよ」

「では！」

ヴェルデがそう言うと、ステータスボードの情報が書き換(か)えられていった。

名前：ライル様
年齢：5歳
種族：ヒューマン（混血）
体力：13600
魔力：408000
ユニークスキル：【共生】
ファミリアスキル：【魔天眼(まてんがん)】
共生スキル：【瘴気耐性】【魔法耐性】【水の加護】【魔力超回復】
特殊スキル：【知識の種】【遠隔魔法】【高度察知】
武器：【徒手S】【剣術C】【弓術A】
魔法：【従魔術S】【水A】【風B】【土D】【聖SS】
従魔：アモン様　ヴェルデ　エレイン　ノクス
称号：【聖獣の主人】【黒帯】【一流従魔師】【破邪の力】【命を繋げし者】【仙人】

確かに見やすくなったが、なんかいろいろ変わっている。

俺とアモンにだけ様がついてるし、ちゃっかり自分の名前をエレインの前に移動している。

『様はあとで消しておいてよ』

『……わかりました』

俺が【念話】でヴェルデに伝えると、ヴェルデは渋々(しぶしぶ)といった感じで答えた。あとでちゃんと消えているか確認しよう。

ヴェルデはみんなの方に向き直り、説明を始める。

「私の判断でスキルを種別で分けました。また統合できる系統のスキルは統合しております。質問がありましたらなんでもお聞きください」

「共生スキルというのは初めて聞いたが、どんなスキルなんだ?」

最初に国王から質問が飛んできた。

「ライル様には【庇護の光】と【加護の恩恵】という二つのユニークスキルがありました。【庇護の光】はライル様の力に比例して、従魔の能力が上がっていくスキル。【加護の恩恵】は契約した従魔の特性に応じて、ライル様に特別なスキルが付与されるスキルです。この二つのスキルを【共生】として私が統合しました。この【共生】によって得たスキルを共生スキルとしております」

俺にそんな力があったなんて……俺の力がみんなの力になるし、みんなのおかげで俺は強くなれるんだな。

「ちなみに私ヴェルデが従魔になったことにより、ライル様には【光合成】というスキルが付与されております。これは光を浴びると、魔力回復速度が増加するスキルです。ただライル様は元々、自然の気を魔力に変換する【魔力錬成】をお持ちでした。そのため自然の気が存在するところなら、どこでも魔力回復速度が増加する【魔力超回復】に統合できました」

みんなヴェルデの講義に聞き入っている。

「その他、【速読】【瞬間記憶】【言語習得】を【知識の種】に、【魔力察知】【気配察知】を【高度察知】に統合しております」

「【遠隔魔法】っていうのは何？」

母さんが尋ねると、ヴェルデは微笑んで答える。

「見ていただくのが早いと思います。ライル様、あそこの壁の手前に小さなアクアスフィアを出していただけますか？」

【アクアスフィア】は水の球を作るだけの簡単な魔法だ。

「うん、いいよ。【アクアスフィア】！」

「えっ……!? それ、どうやってやったの？」

あれ？ おじいちゃんが何やら驚いたような声を出した。それに他のみんなもぽかんとしているぞ?

「えっと……手元じゃなく、設置したい地点で魔力を練るイメージでやってるよ」

「そこまで高度な魔力操作ができるのね……」

「僕も最後に見たのは大昔だなぁ」

母さんとおじいちゃんが感心したように言った。大昔っておじいちゃんは一体何歳なんだろう。

続いておじいちゃんが質問する。

「【魔天眼】についても教えてくれるかい?」

「ファミリアスキル【魔力透視】の強化版スキルです。ライル様は魔力が見えるだけではなく、その属性まで判別することができます」

「ファミリアって何?」

俺が尋ねると、おじいちゃんが答えてくれる。

「血統に由来するスキルだよ。ちなみに【魔力透視】は、僕しか持っていない一族の秘密だったんだけどね」

「でもこれは予想してたわ。魔力が見えてる節(ふし)は前からあったし、この前は瘴気の属性を道具なしで言い当ててたから」

母さんが言っているのは、森の民の村に来る前に立ち寄ったガーボルドの宿屋での出来事だろう。

　ふーっと長いため息が聞こえてきたので顔を向けると、国王だった。

「シャリアス殿たちはすごいな。儂らは頭を整理するだけで精いっぱいだ」

「事前に聞いて覚悟していたつもりだったけど、甘かったわ」

　イレーヌ王妃が苦笑いして言った。王家の人たちはみな、疲れた顔をしている。

「これを騎士団のみんなが知ったら驚くだろうなぁ。ライルくんを招(まね)いて王都で演習したらどうかな？　従魔と武器と魔法の組み合わせなんて、なかなか体験できないもんね」

　いや、違った。一人だけ元気そうな人がいた。

「お前との話はあとだ。とりあえず最後まで喋らないでくれ」

「ごめんね、ライルくん。消した方が早いんだけど、強さだけは本物なんだ。ライルくんが強くなったら消していいからね」

　国王と王太子が口々にジーノさんを責(せ)め立てる。

　実の弟にそこまで言うのか……なんて思っていたら、当の本人はあっけらかんとしていた。

「早くそれくらい強くなってほしいなー」

　まるでクリスマスを待つ子どものようにウキウキしている。

　みんなは呆れたように笑っているが、俺は若干(じゃっかん)の恐怖を感じた。しかし、とにかくジーノさんの発言で場の空気が少し緩んだ。

「ねぇライル。しばらくこの森の民の村に住んで修業しないか？」

おじいちゃんがそう提案してきた。

「それはアモンと聖獣の仕事をするため？」

「できればそれもお願いしたいけどね。まずは自分自身や、アモン様や他の従魔たちを守れる力を身につけてほしいんだ」

どういう意味だろう？

俺が疑問に思っていると、おじいちゃんはみんなの方を見て言う。

「今から話すことは、この場だけの秘密にしてほしい。現状知っているのは、僕とフィリップとリナとハンスだけだから」

名前を呼ばれた母さんと伯父さん、そして国王は暗い顔で下を向いていた。

おじいちゃんが話を続ける。

「みんなは聖女の歌って知ってるかな？」

「王都で吟遊詩人が歌う定番の曲ですよね？　聖女が自らの命を犠牲にして、龍を封じ込める話」

マテウス王太子が答えた。俺は初めて聞いたが、みんな頷いているので有名なんだろう。

「最近では定番になったんだね。実は、あの曲は実話をもとにして作られたんだ。そのモデルとなったのは、僕の妻マーサだった」

「なっ……」

父さんが小さく声を上げた。

他の人は驚きすぎて声が出なかったみたいだ。

「もう五十年くらい前、混沌の森から瘴気が溢れ、聖獣様の森を侵食したことがあった。そしてその時に出てきたのが、その曲でいう龍――ドラゴンゾンビだったんだ」

ドラゴンゾンビ――ドラゴンの死体を依代にしたアンデッドの最強種だ。

「僕とマーサは偶然近くにいたから、駆けつけて戦った。苦戦はしたけど、なんとか倒すことができたよ。だけどね、ドラゴンゾンビが体内に取り込んでいた瘴気がすごい量だったんだ。聖獣の森全体が呑まれかねないほどにね」

聖獣の森を全て呑み込む……一体どれくらいの瘴気なんだろう。計り知れない。

「その時、マーサが動いた。彼女はドラゴンゾンビから放出される瘴気を全て自分に取り込みながら、浄化していったんだよ」

「そんなことしたら……」

俺の呟きに、おじいちゃんは頷く。

「うん。マーサがいくら優れた資質を持つ聖女でも、それほどの量の瘴気に人間の体が持つわけがない。マーサはそのまま力尽きた」

母さんを見ると、小さく震えている。伯父さんも辛そうだ。

誰も言葉を発することができず、沈黙が流れた。

「ライルを見てるとマーサを思い出すんだ。ただの可愛い人に見えて、底が見えなくてどこまでも強くて、自分が傷ついても他人を助けてしまう。最後は自分の命より誰かを優先してしまう」

おじいちゃんの言葉を聞き、俺はそこまでじゃないと言いたかったが、そういえば前世をそうやって終えたんだったと思い出し口をつぐむ。

「本当はね……ライルを世界のどこからも何者からも遠ざけて閉じ込めておきたい。でもそれは許されないし、強い者はいずれ世界に巻き込まれていくんだ、無自覚にね。僕はそれを痛いほど知っている。だからライルにはもっと強くなってほしい。もし何かに巻き込まれても、生きて帰ってこられるように。そして、ライル自身が自分のやりたいことを自由にできるように」

おじいちゃんの目から涙が溢(こぼ)れていた。僕は静かに尋ねる。

「この村に来たら僕は強くなれるの？」

「うん、強くなれるよ。王都で学ぶ選択肢もあるけど、王立学園は八歳からじゃないと入学できないしね。それにライルは家族のそばがいいだろう？」

そうだ。俺は家族と離れたくない。でも……

「お父さんとお母さんとは会えなくなるよね？」

「ライルがこっちに来るなら父さんたちもこっちに来るさ」

「それはダメだよ！　患者さんはどうするの？」

最近は母さんの治療のためにトレックにわざわざ移り住んだ人が何人かいる。ガーボルドで出会ったフィオナのことだってある。

「ライル……」

悲しそうな顔をして呟く母さんに、俺は言う。

「一緒にいたいよ。でもそれは僕のわがままだから……」

「ライル様はわがままでいいのです！　そのために我々がいるのですから！」

突然エレインが声を上げた。

「ライル様はヒューゴ様やリナ様と離れたくない。でも修業することは必要だと理解している。だから悩んでいるのですよね？」

「そうだよ」

俺が答えると、エレインが突拍子もないことを言い出した。

「では、トレックからここに通いましょう！　私ならそれができます！」

「えっ⁉」

エレインは一体何を言ってるんだ？

困惑する一同を気にもせず、エレインは話し続ける。

「私は祠の湖に住んでおりますが、水源を同じくする川や湖などであれば、ユニークスキル【湖の乙女(おとめ)】の力でそこまで一瞬で移動できます。この森の民の村にある神殿内を流れている水は祠の湖と同じ水源の水なのです。ちなみに、私はライル様の洗礼の儀のご勇姿(ゆうし)も、そのスキルを使ってしっかり拝見しておりました」

『ずるいよー、僕だって見たかったのにー！』

『僕も見たかったよー』

急にアモンとノクスがブーブー言い出したが、今は放っておこう。

「人を連れて移動ができるの？」

「本来はできませんが、【共生】によって私の力が強化された状態であれば、主人であるライル様だけなら可能です。アモン様や他の従魔は【召喚(サモン)】すればいいかと」

そんなことができるなら願ったり叶ったりだ。

「おじいちゃん、その方法でもいい？」

「もちろんだよ。まさかそんな裏技があったなんて……僕はライルに嫌われる覚悟をしてたのに」

「そんなこと、ありえないよ」

仮に母さんと父さんと会えなくなったとしても、俺がおじいちゃんを嫌いになるはずがない。

　俺は父さんと母さんに笑いかける。

「これならお父さんとお母さんとも離れないね！」

「全く……お前は本当にすごいな」

「あなたなら何とでも戦える気がするわ」

　父さんと母さんはそう言うが、すごいのは俺じゃなくてエレインだ。

　俺が将来何と戦うことになるのかはわからないが、とりあえず修業問題は解決した。

　おじいちゃんがぱんと手を打って言う。

「じゃあ、ささっと残りの問題を解決しようか」

「そうしよう。早くしないとロッテに怒られる」

　マテウス王太子がそう言って苦笑いする。そういえばロッテが待ってるのか。悪いことをしたな。

　おじいちゃんは頷いて話を再開する。

「まずライルとアモン様の件だが、森の民には伝える」

「わかった。王都では聖獣様が現れたとだけ公表し、アモン様のことなど詳細は伏せるようにしよう。発表も三ヵ月ほど置いてからにする」

　続けて国王が王都での対応を決めた。

「なんで三ヵ月後なんだい？」

　おじいちゃんの疑問に国王が答える。

「今発表すべきことは二つ。聖獣様が現れたことと最年少従魔師が誕生したことだ。しかしその二つを同時に公表すれば、ライルが聖獣を従魔にしたと推測する者が出てくるかもしれぬ。それを避けるために最年少従魔師の件は明日のパーティーで発表し、聖獣様の件は念のため時期をずらす」

「聖獣様出現の発表を王家が意図的に遅らせると考える者は少ないだろうしね。三ヵ月っていうのも妥当だ。たいていの噂はひと月すれば収まるけど、今回はもう少し盛り上がりそうだ。でもそれ以上開けると、次の予算に影響が出る。聖獣様がいるのに軍にお金をかけすぎてもいけない」

　三ヵ月という数字の根拠をマテウス王太子が補足してくれた。

　っていうか俺の話でひと月以上って……最年少従魔師というのは俺が思っている以上にすごいことなのかもしれない。

　その時、ジーノさんが口を開いた。

「ライルが森の民の村で修業する間、騎士団から一人この村に派遣しようと思うんだけど、どうかな？　ライルの修業にも付き合えるし、何かあったら守れるやつが必要だろ」

　その言葉を聞き、みんなが彼を一斉に見た。

「ん？　俺また良くないこと言った？　王都との橋渡しになれるし、良いと思ったんだけど……」

「どうしてジーノが普通のことを言ってるんだ？　何か企(たくら)んでるのか？」

「ひどいよ、兄さん。俺だって真面目(まじめ)に考えてるよ」

マテウス王太子が怪訝(けげん)そうに言うと、ジーノさんはいじけた。

続いて、これまでずっと黙っていた護衛のアスラが発言する。

「俺からもいいですか？　アモン様がまだ本格的に活動するわけではないなら、手が足りませんよね？　冒険者を雇う予定はないですか？」

それを聞いたおじいちゃんが悩ましそうに答える。

「さすがにこれ以上、森の民だけで魔物の間引きを続けるのはキツいからね……検討しなきゃいけないんだけど」

「俺らでよろしければ、長期の依頼として受けます。もちろん、パメラとクラリスに事情を話すことになりますが……」

「いいのか？　長期の依頼だと、今まで通り自由に活動できなくなるんだぜ？」

父さんが驚きながら尋ねた。

でも父さんの言う通りだと思う。自由は冒険者の特権(とっけん)だし、それを放棄(ほうき)してまで僕の問題に付き合ってもらうのは気が引ける。

「ここまで巻き込んでおいて何言ってやがる。昨日、シャリアス様の部屋に行った時点で腹は決まってたさ。あとの二人がどうするかはわからないが、俺はライルの力になると決めたよ」

アスラは笑顔でそう言ってくれた。会って間もないのに、どうしてこんなに優しくしてくれるんだろう。その時、ジーノさんが手を叩いた。

「あっ！　じゃあさ、王都からは俺が来ればいいんだよ！　俺強いし、事情も知ってるしいいじゃん！」

確信した。この人はお馬鹿さんだ。

「お前は俺の天使に近づくな」

「軍務卿が国を空けてどうするのよ」

父さんがジーノさんに凄み、母さんがさらっと流そうとしたが、そこに油を注ぐのが真のお馬鹿さんである。

「だってずっと王都にいても楽しくないんだもん」

「バカモン！　なぜレグルスの前でそんなことを言えるのだ、お前は！」

「大丈夫です、陛下。私たちには団長がおりますから」

レグルスさん、フォローしているように聞こえるけど、さらっとジーノさんをいらないって言ったな、今。

「でも、悪くない案よね？　王都で余計なことをされる方が怖いわ」

「不良品をこっちに押しつけないでくれるかな」

イレーヌ王妃には、伯父さんが疲れたような声で答えた。

さすがにそれは言い過ぎだと思ったが、それを言った伯父さんの声のトーンはマジだった。

「……とにかくジーノは来なくていいから。アスラたちに頼めばひとまずは十分だ」

「そうね。あなたが来るとライルとアモン様が心配で、私も診療所どころじゃなくなるわ」

母さんがそう言った瞬間、アモンの耳がピンと立ったのが俺にはわかった。

「いい案だと思ったのに、アモン様も俺が来たら嬉しいですよねー？」

ジーノさんがアモンに笑いかけるが、国王、イレーヌ王妃、マテウス王太子が次々に言う。

「お前はアモン様にも気安く話しかけるな」

「そうよ。あなたの馬鹿がうつったら大変だわ」

「アモン様にもライルにもお前は悪影響を与えかねない」

「それにアモン様の――」

『それやめて！』

父さんが続こうとした時、突然アモンが大きな声を出した。

みんなにはただ吠えただけに聞こえただろうが、全員びっくりして背筋を伸ばしている。

『ライル。今から僕が言うことをそのまま伝えて』

『う、うん、わかった』

俺はアモンの言う通り、みんなに向けて告げる。

「みんなにアモンからメッセージです」

「おぉ！　なんと聖獣様から！」

国王の言葉にアモンがまたイラッとしたのがわかった。

『アモン様、アモン様って言うけど、それ禁止です』

「アモン様、アモン様って言うけど、それ禁止です」

俺はアモンの言葉をそのまままみんなに伝える。

『今まで通りアモンやアモンちゃんと呼んでください』

「今まで通りアモンやアモンちゃんと呼んでください」

「ですがアモン様――」

国王が反論しようとするが、アモンの言葉は止まらない。

『それができない人は嫌いです』

「それができない人は嫌いです」

『敬語も禁止です。以上』

「敬語も禁止です。以上」

アモンは言いたいことを言い切ったようだ。

急にみんなが他人行儀になったのが嫌だったんだろう。

「アモンはお父さんやお母さんのことを家族だと思ってるし、他の人たちのことも友達だと思っているんだよ。それなのにそんな風に呼ばれたら嫌に決まってるよ」

「そうだな。すまなかった、アモン」

「私もあなたが聖獣様でも家族だと思ってるわよ。もちろんノクスちゃんもね」

父さんと母さんはそう言って、アモンの頭を順番に撫でた。他のみんなも口々に謝罪（しゃざい）している。

みんなの対応にアモンは満足したようだ。

その後、『エレインとヴェルデはアモン様でいいからねー』と二人に言っており、俺は苦笑（くしょう）してしまった。

◆

その翌日――

これから洗礼の儀に参加した子どもやその親たちが集まるパーティーが行われる。

昨日、国王から最年少従魔師の話を発表するとは聞いていたが、まさか俺も出席しなくてはいけないなんて思っていなかった。

だって参加者のほとんどが貴族のパーティーだよ？　なんで辺境の田舎者がさらされなくちゃいけないんだ。

「やっぱりライルにはこの青が似合うと思ってたのよ！　私の目に狂いはなかったわ！」

俺はパーティーが行われる会場の待合室で、母さんに服を選んでもらっていた。母さんはとてもご満悦みたいだが、俺が着せられているのは前世の漫画でしか見たことがない、貴族の子どもが着るような服だ。少し裾の長い濃い青の上着には、金のボタンと刺繍が施されている。母さんはいつこんな服を用意したんだ……

もちろん母さんも父さんも正装している。母さんは薄緑色のドレスを纏い、開いた胸元にはネックレスが光る。髪もいつものポニーテールではなく後ろに下ろしていた。父さんはフリフリのついたシャツにベストを着て、装飾の施された裾の長いコートを着ている。

二人は顔立ちが整っているから、すごく様になっていた。

「お母さんはきれいだし、お父さんはカッコいいね」

俺が褒めると、二人とも嬉しそうに笑う。

「あらやだ、ライルもそんなこと言うようになったのね。将来、女の子にモテそうね」

「こういう格好は窮屈だが、ライルに褒めてもらえるなら着た甲斐があったな」

ちなみにアモンとノクスは首元に蝶ネクタイを付けられている。

アモンはこっちに来てから首輪をしていなかったから嫌がるかと思ったが、平気のようだ。

『見て見てー！　カッコいいでしょー！』

『僕もアモンとお揃いだよー！』

この二匹は本当に仲がよくて、兄弟みたいだ。

準備を終えてからしばらくして、待合室に国王たちがやって来た。

ロッテが俺を見つけてすっ飛んでくる。

「ライルったら昨日はすぐにどっか行っちゃうんだもん！　洗礼の儀が終わったら待っててくれると思ってたのに！」

「ごめんね。そのままおじいちゃんたちとお話しすることになっちゃって……」

ロッテは少しお怒りのようだ。俺の言い訳にも納得いかないって顔をしているし、ここは話題を変えるのが無難かな。

「そういえば僕、パーティーがあるなんて知らなかったんだ。こんな服も初めて着たよ。ロッテはすごく可愛いね。ドレスもロッテのきれいな髪に合ってるし、ティアラも素敵だよ」

今日は正式な場に着ていくドレスなのだろう、これまでのドレスより豪華だと一目でわかった。ロッテ以外の王家も、今日は一層煌びやかだ。

だけど、ロッテは俺の言葉を聞いた途端、下を向いてしまった。

「ロッテ？　どうしたの？　お腹痛い？」

「別になんでもないわよ！　ライルの馬鹿！」

俺はロッテのご機嫌取りを完全に失敗したらしい。

「天然のたらしね。早く射止めないと、ライバルが多くなりそうだわ」

ヒルダ王太子妃が何かを呟いていたが、よく聞こえなかった。

俯いたままのロッテを気にしつつ、俺は周りを見回して尋ねる。

「他の子どもたちは待合室に来ないの？」

「もう会場で待ってるわよ」

母さんの返事を聞き、俺は少し焦って言う。

「えっ？　じゃあ僕らも行かないと」

「私たちは呼ばれてから入るのよ」

その言葉に、俺は嫌な予感がした。

「ではこちらからお入りください」

案内の人が待合室に呼びに来たので、俺たちは案内に従って入り口に向かい、扉から会場に入った。中に入ると、俺たちはみんなに拍手で迎えられた。

国王とおじいちゃんを中心にそれぞれの家族が横に並ぶ。

一体なぜこうなった……

しかも会場をよく見ると、エレインが当たり前のような顔をして席に交ざっていた。ヴェルデも飲み物の載ったトレーを片手に立っている。ウェイターのつもりだろうか。

『二人とも何してるの⁉』

俺は【念話】を飛ばすが、エレインもヴェルデも涼(すず)しい顔をして答える。

『私たちには造作もないことです。ここでライル様たちの晴れ姿を拝見いたします』

『私もしっかり給仕しますので、ご安心ください』

もう何がなんだかと混乱しているうちに、国王の挨拶が始まった。

洗礼の儀が無事に終わりどうたらとか、わが孫シャルロッテがなんやらとか、聖獣様の加護があるから国はどうとか言っている。

「……そして今回はさらにめでたい知らせがある。ライル。それからアモン、ノクス、こちらに」

えっ……まさかこの流れで発表するの？　と思ったが、みんな見ているし、とりあえず行くしかない。

「シャリアス殿の孫のライルだ。なんとこのアモンとノクスは、ライルの従魔である」

国王がそう告げると、会場がどよめいた。

『そうだ！　僕はライルの従魔だぞ！』

『僕もだぞー！』

俺はどんな顔をしていいかわからないのに、アモンとノクスは堂々とした態度でそんなことを言っている。

「ライルは三歳の時にアモンと、四歳の時にノクスと従魔契約をしている。従魔術の最年少記録を大きく更新したのだ。わが国にこのような素晴らしい才能を持つ者が現れたことを嬉しく思う。そしてみなにも素晴らしい成長があることを心から願っておる！」

国王が話を締めくくった直後、盛大な拍手が沸き起こった。

その後も俺の災難は終わらなかった。

乾杯したあと、次から次へ俺のところに人がやって来たのだ。

「さすがシャリアス様のお孫様であらせられ……」

「洗礼の儀のお姿がとても素晴らしかったと娘も……」

「五歳とは思えぬ立ち居振る舞いが……」

「どうかウチの娘とも仲良く……」

「王都にいらした際はぜひ……」

「あの……握手だけでも……」

なんなんだ、これは……いくらおじいちゃんがこの村で偉いからって、おかしいだろ……貴族ってこうなのか……田舎者の俺をからかってるのか……

全員の挨拶が終わったあとも、隙あらば話しかけてこようという気配がして落ち着かない。

その時、ロッテが近づいてきて俺の手を取り言う。

「やっと終わったわね。ライル、あっち行こう！」

助かった……本当に困っていた。

アモンとノクス、それからレグルスさんもついてきた。レグルスさんはロッテの護衛だろう。

俺たちは揃ってテラスに出た。

「仕方ないとはいえ、やっぱり疲れるわね」

「ロッテはお姫様だからね。でもなんで僕みたいな村人が……」

俺が愚痴をこぼすと、ロッテが首を傾げて尋ねてくる。

「ねぇライル。不思議に思ってたんだけど、あなた、もしかして自分の立場をわかってないの？」

「さすがに理解してるよ。おじいちゃんはここの村長で、その孫である僕が最年少で従魔術を成功させた。だからみんな僕に興味を持っているんだろう？」

するとロッテが盛大にため息をついた。

「やっぱりなんにもわかってないのね……レグルス、私よりあなたの方が上手く説明できるわよね。お願いしてもいい？」

「かしこまりました」

そう言ってレグルスさんが説明を始める。

「まずシャリアス様についてですが、あの方は『銀の射手』と呼ばれ、この国では知らない者はいない英雄です。わが国の王家には、男子は幼い頃にこの森で修業するというしきたりがあり、何代もの王族の男子がシャリアス様にお世話になっています」

「何代もって、おじいちゃんはそんな歳なんですか？」

「確か五百歳ほどかと。現在確認できている唯一のハイエルフですから」

おじいちゃんはただのエルフじゃなかったんだ……ハイエルフといえば、エルフの上位種だよな。あらゆる能力がエルフよりも高い傾向にあるうえ、寿命がとても長いことで知られている。

「ライル様は先ほど村長とおっしゃっていましたが、シャリアス様はそんなレベルの方ではありません。この聖獣の森は形式上わが国に属してはおりますが、実際には自治領なのです」

「でもおじいちゃんは貴族ではないですよね？」

「そういう枠組(わくぐ)みを超えた方なのです。爵位(しゃくい)がないのは国王と対等なご関係である証(あかし)。人によっては聖獣様と同じようにシャリアス様を信仰しています」

　いつも気さくな感じのおじいちゃんが信仰されていると言われても、いまいちピンとこない。

「レグルスからは言えないでしょうけど、実際にはおじい様よりシャリアス様の方が立場は上よ。さっきレグルスが言った通り、王家の男子はみんなシャリアス様にお世話になってるから、頭が上がらないのよ。私はうちの家族以外でおじい様に敬語じゃない人なんて初めて見たわ」

　言われてみれば、おじいちゃんは国王に対してずっとタメ口だったし、国王はシャリアス殿って呼んでいるけど、おじいちゃんはハンスって呼び捨てにしていた。レグルスさんが続ける。

「それから、ヒューゴ様とリナ様が所属していた冒険者パーティ『瞬刻の刃』は、未だに王都で根強い人気を誇り、グッズは高値で取引されています。特に王都の近くで起こった魔物の大量発生――スタンピードを収めたヒューゴ様たちの武勇伝は絵本にもなっております。ライル様のことですから、ヒューゴ様を平民だと思っていらっしゃるのでしょうが、何度も受勲の機会があったのに断っていただけで、ヒューゴ様もまた紛れもない英雄なのです」

有名な冒険者とは聞いていたけど、そこまでとは知らなかった。

「加えてリナ様は、シャリアス様の娘であることを公表していませんでした。ヒューゴ様と結婚したことも一部の人間しか知らなかったのです。それが今回の洗礼の儀で知れ渡りました」

「王都は大騒ぎね」

レグルスさんはロッテの言葉に頷く。

「つまりライル様は、そこら辺の貴族よりも断然格上なのです。そしてこの度の従魔術の功績が知られれば、王都では間違いなく話題になります。今日ここにいる貴族たちはあなたに会ったというだけで、王都に帰ったら自慢ができるのですよ」

うちには英雄がいっぱいだ……もう考えるのやめよう。

「ただの村人ではないと少しは理解できたかしら？」

いたずらっぽい笑みを浮かべるロッテに、俺は苦笑いを返すしかなかった。

◆

洗礼の儀から三ヵ月ほど経ったある日――

俺、アモン、ノクスは森の民の村の近くにある開けた場所で、『鋼鉄の牛車』と模擬戦（もぎせん）を行っていた。

パメラとクラリスは事情を知った上で、アスラと共に森の民の村に残ってくれたのだ。

俺はといえば、森の民の村で修業の日々が続いていた。

「ライルの剣はまだまだだ。実戦なら今は後衛（こうえい）に回った方がいい。特にエレイン抜きの時はな」

アスラたちにはこうやってたまに模擬戦をしながら、主に連携や、敵の特性ごとの対処法など実戦を想定した立ち回りを教えてもらっている。

俺がアスラたちと剣を交えていると、ふいに何かがこちらに向かってきているのを感じた。しかも気配は一つじゃない。

『結構スピードが速いよ』

アモンもすぐに気付いた。

「アスラさん、何かが群れでこっちに向かってきています」

それを聞いてアスラたちも身構えた。

その直後、森の奥から何匹もの銀狼が姿を現した。

ただ、こちらを襲ってくる気配はない。

「ワォン！　ワゥワゥ、ワン！」

群れの中でひときわ大きな銀狼が、話しかけてきているかのように吠えた。二メートル近くある大きな狼だ。

『無駄な争いをする気はない。話し合いに来た。って言ってるよ』

アモンが通訳してくれたので、そのままアスラたちに伝える。

「銀狼側は話がしたいそうです。少し話せるか試してみます」

「従魔以外の魔物と会話なんてできるのか？」

俺はアスラに答える。

「相手に知性があり、少しでも対話するつもりがあるならできます」

従魔契約の第一段階である【念話】。これは相手に警戒心や敵対心があると上手くいかない。また相手の知性が低いと感情くらいはわかるが、会話にはなかなかならない。そして本来は相手に触れて行う必要がある。そこまでできる信頼関係が必要なのだ。

だが、俺の場合は【遠隔魔法】のスキルを使えば触れずとも、一時的に魔力でパスを作ることができる。今回は話しに来たと本人が言っているらしいから上手くいくのではないかと思った。

『僕の声が聞こえるか？』

『なんだこれは⁉　お前が話しかけてきているのか？』

『そうだ。僕はライル。お前たちはなんのためにここに来たんだ?』

少し後退(あとずさ)った銀狼だったが、気を取り直したように話を続ける。

『これほどの芸当をこんな子どもが……まぁいい。俺たちは聖獣に会いに来たんだ。この村にいると聞いた』

『ここにいるアモンがそうだ。アモンになんの用だ?』

『名前があるのか……人間に飼(か)い慣らされているのか?』

『僕はライルの従魔だ。ライルとは聖獣になるよりも前から家族だよ』

銀狼の質問に答えたのはアモンだ。その言葉を聞いて、他の銀狼がざわついた。俺には鳴き声にしか聞こえないが、明らかに何かを言い合っている。

それを先ほどまで俺と話していた銀狼が一喝(いっかつ)する。

『お前たちは黙ってろ!　聖獣に選ばれる前から従魔ということは、それが神の意志なんだろう』

聖獣になってから従魔になってたら文句でも言うつもりだったのだろうか?

そんなことを考えていると、先の銀狼が言う。

『俺から一つ頼みがある。アモンと一騎打ちがしたい』

『ちょっと待て!　なぜ急にそうなる?』

『そうだな。説明が足りなかった。俺は先代聖獣の子なんだ』

『アモンの前の代ってことか？』

確か俺が生まれた頃にいなくなったって……

銀狼は肯定した。

『そうだ。聖獣は世襲制（せしゅうせい）と決まっているわけではないが、何代も俺の家系で受け継がれてきた。俺も選ばれるつもりで群れを率（ひき）いてきた。しかし俺に神託が来ることはなかった』

『アモンから聖獣の座を奪いたいのか？』

俺が尋ねると、銀狼は否定する。

『それはいい。聖獣は神が選ぶもの。殺したとて奪えるわけではない。それに俺は、誰よりもそばで聖獣を見てきた。人に飼われていたことは驚いたが、アモンとやらが聖獣にふさわしいのは見ればわかるさ』

俺には愛くるしい柴犬にしか見えないが、銀狼には銀狼なりの視点があるのだろう。

『それでも俺には群れを率いてきた責任がある。俺が聖獣になると信じてついてきてくれたこいつらの前でけじめをつけたい。どうか申し出を受け入れてもらえないだろうか？』

銀狼の真剣な声を聞き、アモンが一歩前に出た。

『いいよ。一騎打ちしよう』

『おいアモン、それは……』

『ライル、これはやらなくちゃダメだ。僕はこの村に来て、聖獣がどれだけみんなにとって大切か知ったから』

村の民はアモンが聖獣だと知っている。アモンの希望もあって過度に拝むことはしないが、それでも信仰の対象として大切にされていると感じていたのだろう。

『僕はその思いに応えなくちゃいけない。銀狼の思いもその一つだ。だからこの一騎打ちを受けるよ』

そんなやり取りをしているうちに、村の人たちが異変に気付いてやって来た。その中からおじいちゃんが走り出てきて言う。

「ライル！　これは一体……」

「先代聖獣様の子がアモンとの一騎打ちを申し出てきたんだ。アモンはそれを受けるって」

「そうか……」

おじいちゃんはそれ以上何も言わなかった。

『じゃあライル、行ってくる！　ちゃんと見ててね』

『あぁ、しっかり見てるよ』

ノクスも『負けるなー！』と声をかけている。

「ワォーーーン！」

アモンが遠吠えした。

すると普通の柴犬サイズだったアモンがみるみる大きくなり、相手の銀狼を超えるサイズになった。その体は少しだけ淡く光っている。

確かにこの見た目になると少し聖獣っぽいかもしれない。森の民の中には思わずといった様子で膝をついて祈っている人もいる。

背中に乗せてもらう時は大きくなっていたので、普段は縮小化しているとわかってはいたけれど、あそこまで大きくなれるとは知らなかった。

そして一騎打ちが始まった。

先に仕掛けたのは銀狼だ。一気にアモンに詰め寄り、前脚の爪でアモンを抉ろうとした。アモンはいち早くそれに気付き、後ろに宙返りしながら避けて、風魔法【ウィンドカッター】を放つ。

銀狼は空振りした前脚を地面についたところだ。

そのまま風の刃が当たるかと思ったが、銀狼が一吠えすると銀狼の前に土の壁ができた。

土魔法【アースウォール】だ。

【ウィンドカッター】を防いだ土壁が崩れ土煙が上がり視界が悪くなる。たぶん、銀狼は鼻が利くから視界不良を気にしないんだろうけど、これはアモン相手には悪手だったな。

銀狼は次の攻撃に備えているが、アモンはすでに目の前にいない。頼りの臭いも途絶えている。

銀狼がアモンを捜して顔を上げた瞬間、アモンが地面の下から現れて、風魔法を纏わせた爪【ゲイルクロー】で相手の腹を抉った。

腹から血を噴き出した銀狼はそのまま吹っ飛ばされて、後方の木にぶつかって倒れる。

勝負ありだ。

俺とアモンはすぐに銀狼に駆け寄った。

『もう少しやれると思ったのに、圧倒的だったな……何が起こったかもわからなかった。どうやったんだ？』

少し苦しそうにしながら銀狼が尋ねる。

『僕にはユニークスキル【透徹の清光】があるんだ。この力で物体をすり抜けられるんだよ』

アモンのこの力は俺もつい最近知ったのだが、世界の壁を越えたアモンにピッタリのスキルだ。

『そんな力を持っているのか……完敗だ……自分の力を出す……暇すらなかった……これでみんなも納得する……ぐっ……俺も先代のところに逝ける……』

「【ハイヒール】！」

俺はすっきりしたような声で眠りにつこうとする銀狼を、すぐさま回復させた。

『勝手に死ぬな。そもそも【ハイヒール】で治る程度の傷で簡単に死ねるわけがないだろう？』

「ありがとう」

【念話】で毒づいていると、様子を見ていたおじいちゃんが銀狼のそばに寄ってきた。

おじいちゃんはそう言って、急に銀狼に頭を下げた。

「先代の聖獣様がお隠れになってから五年間。ただの一度も大きな事件は起きなかった。それは森の民や聖獣様を信仰する周辺の村々の者だけの功績ではない。聖獣様がお隠れになったあとも君たちが守ってくれていたのだろう？」

俺が周囲を見回すと、森の民たちがみんな頭を下げていた。

『言いたいことがあれば伝えるぞ』

俺が銀狼にそう言うと、銀狼は首を横に振る。

『いやいい。大事なことは自分で伝える』

その瞬間、銀狼の体が光に包まれたかと思うと、そのシルエットは二本足となり、ケモ耳に尻尾のついた男が現れた。

「俺たちだってこの森に生きる民だ。聖獣でなくとも愛する森は守るさ」

銀狼から姿を変えたそいつはそう言って、子どものような無邪気(むじゃき)な笑顔を見せた。

「えっ⁉　獣人だったの？」

銀狼が突如(とつじょ)ケモ耳イケメンになったので、俺は混乱した。

ちなみに裸ではなく、腰には布が巻いてある。変身した時に、近くにいた別の銀狼が咥えていた布を受け取って、光が消える前に鮮やかな手つきで腰に巻いたのだ。

銀狼が俺の質問に答える。

「いや、魔物だよ。種族はシルバーウルフだ。俺は【人化】のスキルを持ってるから、こうして変身したり会話したりできるんだ」

そんなスキルがあるのか。見た目だと獣人と区別がつかないな。

「上位の魔物が稀に持っているスキルだね」

おじいちゃんが驚きつつも感心したように言うと、銀狼は苦笑いする。

「俺たちの一族が聖獣を継いでいた時は、人間と距離を保った方が森の管理がしやすいって考えだったから、使うことはほとんどなかったんだがな。こんなすごい聖獣様が現れたんだ。一族の考えに縛られる必要はもうないだろう」

結構さっぱりした性格のやつなんだな。

「君たちはこれからどうするつもりなんだい？」

おじいちゃんに問いかけられた銀狼は、ゆっくりと俺の前に進み出て、なぜか跪いた。

「俺は先ほど死ぬはずだった。だがあんたが俺を生きながらえさせた。その責任は取ってもらう」

突然責任を押しつけられ困惑する俺に構わず、銀狼は続ける。

「我ら銀狼の一族はこれからもこの森を守っていく。そのために、どうか我らもあんたの従魔に加えていただきたい」

後ろの銀狼たちもお願いしているつもりなのか、伏せの姿勢になった。

こいつ何言ってるの？　そもそも、さっきの傷はどう見ても死ぬほどじゃなかったよね？

俺は本人にだけ聞こえるように【念話】で尋ねる。

『ねぇ、もしかして最初からそのつもりだった？』

『最初は死んだふりでもして、一族を聖獣様に託すつもりだったんだ。だがあんたはきっと聖獣様より強いだろう？　しかも面白そうだ。俺はあんたについていきたい』

『おいおい……というか、心の中だとすごい気さくに話すな？』

『あんただって口に出してる時と、喋り方が違うじゃないか。いいだろう？　俺は聖獣になれないなら、気楽に生きたいんだよ』

こいつ、銀狼なのに人間臭くて憎めないやつだ。

「わかったよ。みんなこれからよろしくね」

俺が観念してそう言うと、銀狼たちは一斉に遠吠えした。

その後は、銀狼たちと従魔契約を交わす流れになった。まずは群れのリーダーである銀狼に名前をつける。

「シリウス」

「ありがとうございます。お力になれるよう努めてまいります」

さっきの話し方を聞いたあとだと、なんだかわざとらしい。まぁ、それはいいとしても銀狼の数が多いな。

「みんなに名前をつけないといけないけど、何匹いるの？」

「俺を除いて百五十匹だ」

ほらやっぱり敬語は苦手なん……ひゃくごじゅう？

「百五十匹もいるの⁉」

「あぁ。みんな楽しみに待ってるぞ」

それからは地獄だった。

俺が一生懸命に名付けしている間、シリウスは助けてくれるわけでもなく、ずっとアモンたちと話していた。

適当にアルファベットとかにしてしまおうかと迷ったけれど、名前は大事だと思い、一応ちゃんとつけた。

中にはセンスのない名前や響きが似た名前になってしまった子がいるが、それくらいは許してほしい。

ただ、名前とは別に数字を割り振らせてもらった。出席番号みたいなものだ。

何か指示を出す時に番号の方がスムーズだろう。

「……こ、これで全員だね」

俺が一息ついて言うと、シリウスが銀狼たちに指示する。

「では、みんなは森の守護に戻ってくれ！」

銀狼たちが一斉に森の中に散っていくと、おじいちゃんが心配そうな顔で近づいてきた。

「ライル、あんなに契約して魔力は大丈夫かい？」

「大丈夫だよ。おじいちゃんは僕に【魔力超回復】があるのを知ってるでしょ？」

「知ってるけど……これほどの従魔契約を行えるほど回復が早いのなら、実質魔力は無限みたいなものだね。たぶん普通の人は一度に十匹も従魔契約できないと思うよ」

ううん、そうなのか……マルコさん以外に従魔術のことを教えてくれる人がいないと、こういう時に困るな。

俺がそんなことを考えていると――

「じゃあ、村に戻ろうぜ！」

シリウスが楽しそうに言った。なぜお前が仕切っているんだ。言葉遣いからもすっかり敬語が消えているし。それどころか布一枚だったはずなのに、いつの間にかベージュのインナーに丈の短いカーキのミリタリージャケットを羽織っている。

から」

「みんなの契約をしてもらってる間にな。隠してあったんだけど、着る機会がなかった

「いつ着替えたの？」

ジャケットの襟を掴んで、どうだと言わんばかりに、見せてつけてくる。

「すごく似合ってるけどさ、シリウスはみんなと森に帰らなくていいの？」

俺が尋ねると、シリウスはいたずらっぽい笑みで答える。

「俺は群れのリーダーとして、ライル様を守ることにした」

「……もしかして、人が住む村にずっと行きたかった？」

「わかるか？」

俺は頷いた。明らかに顔がウキウキしている。

「まさか、こんな風に堂々と二本足で歩ける日が来るなんて思ってなかった。今までは他のやつの目を盗(ぬす)んで、森に来た冒険者と話すくらいしかできなかったんだよ」

「シリウスは人が好きなんだね」

「人間と距離を取ろうっていう一族の中だと、異端(いたん)なんだけどな」

シリウスが苦笑いして言うと、そばで聞いていたおじいちゃんが首を横に振る。

「そんなことないさ。先々代の聖獣様……つまり君のおじいさんは、よく村にこっそり来て僕と一緒に酒を飲んでたよ」

それを聞いたシリウスは驚いた表情を浮かべる。

「そうなのか？」

「あぁ。君と同じように【人化】してね。先代様はあまり人と関わらなかったけど、君はおじいさんに似たんじゃないかな？」

「そうか。そんな話を聞くとちょっと嬉しいな」

シリウスは自分で異端という言葉を口にするくらい周りとの違いを感じながら、群れの中で生きてきたのだろう。自分にもしっかり家族との共通点があったことに安心しているように見えた。

「これからは普通に村を歩けるね。あとで僕の家族や他の従魔にも紹介するね」

「おぅ！　楽しみにしてるよ、ライル様」


それから俺は、午後の修業を終えて家に戻る。

いつものようにエレインのスキル【湖の乙女】で森の民の神殿から聖獣の祠の湖に移動し、従魔を呼び出した。

「【召喚(サモン)】アモン、ノクス、シリウス」

「……おぉ！　ここは森の西の端あたりの祠だよな？　こんなところまで一瞬で移動できるのか……すげぇな」

感動しているシリウスに、俺は改めてエレインとヴェルデを紹介した。シリウスもきちんと自己紹介していた。

「ライル様。今度から従魔契約をする時は、できれば一言お知らせいただけますか？　一匹ならまだしも、百五十匹分もステータスの情報が流れ込んできたので、さすがに驚いてしまいました」

「ごめん、ヴェルデ。そうだよね……次から気をつける」

「いえいえ。できれば結構です。私の仕事ですから。では、従魔のデータを整理したので一度ご確認いただければと思います」

「じゃあ、家に帰る前に確認しちゃおうか」

名前：アモン
種族：柴犬――聖霊犬（せいれいけん）
称号：【聖獣】【忠犬】【世界の壁を越える者】
ユニークスキル：【透徹の清光】
特殊スキル：【縮小化】【瘴気耐性】【高度察知】

名前：エレイン
種族：ウンディーネ
称号：【聖獣の祠の守護者】
ユニークスキル：【湖の乙女】
特殊スキル：【実体化】【精霊魔法水】

名前：ヴェルデ
種族：ドリュアース
称号：【聖獣の祠の守護者】
ユニークスキル：【系譜の管理者】【接木（つぎき）】
特殊スキル：【実体化】【光合成】

名前：ノクス
種族：カーバンクルナイトメア
称号：【聖獣の弟】
ユニークスキル：【拒絶（きょぜつ）の鏡】
特殊スキル：【遠隔魔法】【魔法耐性】

名前：シリウス
種族：シルバーウルフ
称号：【銀狼の長】
ユニークスキル：【変速世界(インセインワールド)】
特殊スキル：【運行者(オペレーター)】【人化】

シリウスの後ろには、今日仲間にした全員のステータスが並んでいる。

みんなが気にしていたアモンの種族は柴犬のままだった。聖霊犬と後ろについているが、おまけみたいなものなのだろう。

ノクスはカーバンクルナイトメアということなので、やはりカーバンクルの亜種だったようだ。

「今回の従魔契約により、ライル様の【共生】スキルが発動し【思考加速】スキルを獲得しました。シリウスと他百五十匹との契約で、五十倍まで加速が可能になります」

ヴェルデの説明を聞いて試しに使ってみると、周りの世界がスローモーションになった。

これはすごいな……

「またシリウスの【変速世界（インセインワールド）】ですが——」

「なぁ、そういうのはあとにして、ライル様の村に行こうぜ」

早くトレックに行ってみたいシリウスがヴェルデの話を遮ったので、細かい話はあとにして村に向かうことになった。


村に着くと、アモンが急に走り出した。

『ウーちゃんがいるよー！』

アモンが向かう先に目をやると、マルコさんがウーちゃんと一緒に歩いていた。

こちらに気付いたマルコさんが手を振ってくる。

「マルコさん、お久しぶりです。ウーちゃんも久しぶりだね！」

「久しぶり！　ライルくんには会えないと思ってたから、ビックリしたよ。でも会えて良かった」

マルコさんはそう言いながら、アモンをモフモフしている。次にシリウスに視線を移した。

「こちらの方は？」

「俺はシリウス。聖獣の主人たるライル様を支えるべく、従魔になったんだ。よろしくな！」

あっ……

「聖獣の……主人……？」

マルコさんがアモンをモフモフしている手を止め、目をパチクリさせた。

俺はさっと周りを見回し、誰も聞いていなかったことを確認してからマルコさんに言う。

「マルコさん、うちに来てもらってもいいですか？」

「う、うん……」

何が何やらわかっていない様子のマルコさんを、とりあえず家に連れてきた。

「ライル、おかえりなさい。お客さんがいるのね……あら？　もしかしてマルコさん？」

「あ、はい……」

「息子がお世話になったみたいで、ありがとうございます。どうぞ上がってください」

父さんも帰っていたようで部屋から出てきた。

ひとまずマルコさんとシリウスに、リビングのテーブルに着いてもらった。

マルコさんは心ここにあらずといった様子で、ずっとアモンを撫でている。

「そちらの方は？」

母さんが聞いてくる。

シリウスは先ほどのマルコさんの反応を見て、自分が余計なことを言ったとわかったようで、なんと答えればいいか教えてくれと言わんばかりの表情で俺を見た。

　仕方ないので、俺から説明する。

「シリウスっていって、今日から僕の従魔になった銀狼だよ。母さんたちに紹介しようと思って連れてきたんだけど、さっきマルコさんに挨拶した時に、僕が聖獣の主人だって言っちゃったんだ」

「ごめんな。森ではみんな知ってるみたいだったから、周知の事実だと思ってたんだ」

「事前にシリウスに説明しなかった僕が悪いよ。マルコさんもすみません」

　本当にシリウスにもマルコさんにも悪いことをしてしまった。

　状況を把握した父さんもマルコさんに詫びる。

「巻き込んでしまったみたいで悪いな。ただこのことは、森の民以外は王家と関係者数人しか知らないんだ。秘密にしてくれるか？」

「もちろんです。商人には守秘義務がありますし、何よりライルくんは大切な友達なので」

　マルコさんは、やっと気持ちが落ち着いたようだ。

「マルコさんならきっと大丈夫よ。少なくともジーノよりは安心だわ」

「あぁ、それは間違いないな」

　母さんの言葉に、父さんもうんうんと頷いている。残念ながら俺もそう思う。

マルコさんが俺に尋ねてくる。

「ライルくんは聖獣様と従魔契約したってことだよね？　アモンもノクスも聖獣様と主人が同じなんて誇らしいね」

なるほど、そういう解釈になるか。気を取り直したところ悪いが、ここは誤解のないように話すべきだろう。

「違うんです。アモンが聖獣様なんです」

「えっ……」

衝撃の事実を知ったマルコさんが、アモンから手を引っ込めようとしたが、俺が止める。

「マルコさん、そのまま撫でてあげてください。アモンは今まで仲の良かった人から急に様付けされたり、敬われたりするのが嫌なんです。だから、今まで通りでお願いします」

マルコさんはコクコクと頷きながら、引っ込めかけた手を戻した。

アモンも『わかってるね！』と嬉しそうだ。

「また驚かせちゃうかもしれないけど、シリウスのこともちゃんと説明しますね」

俺は、シリウスが先代聖獣の子で、俺が今日だけでシリウスと百五十匹の銀狼と従魔契約したことを話した。

それを聞いたマルコさんは、驚愕を通り越して呆れたような表情を浮かべている。

「ライルくんはすごいね。最年少記録に続いて、最多契約記録も更新しちゃうなんて」

「最多なんですか？」

「一度に契約した数はもちろん、一人が同時に契約している数としても圧倒的に最多だよ。今までは確か五十二だったはずだから」

ああ、これでまた規格外と言われてしまう。

マルコさんが続ける。

「もし発表したらまた大騒ぎだよ。ついこの間まで、王都はライルくんの話題で持ちきりだったんだから」

「そんなにすごかったのか？」

父さんが尋ねると、マルコさんは頷いた。

「前最年少従魔師として僕のところにも取材が来ましたし、非公式ながらグッズを作ってる人もいますよ。あとは洗礼の儀での立ち居振る舞いが素晴らしかったと貴族の間で話題になって、それがライル式と呼ばれるようになりました。この前、王都で行われた洗礼の儀では、全員ライル式で洗礼を受けたらしいです」

なんなんだ、その恥ずかしい名前は。

「ライル、お前洗礼の儀で何かやったのか？」

父さんが呆れた声で聞いてくるが、まるで覚えがない。

「特になんにも……最初に呼ばれたからやり方がわからなくて、ちゃんとできたかも怪ししかったんだけど……」

何が違ってたんだ？　するとマルコさんが解説してくれる。

「お祈りの前後で神官や祭壇、さらには参列していた他の子どもたちにまで頭を下げていたと聞いてます。神のみならず、万物に感謝するその姿はみんなの憧れになった、と王都ではすでに歌になってるほどです」

ジャパニーズお焼香スタイル！

しかも歌になってるって……

「それにライルくんがリナさんとヒューゴさんの子というのも知れ渡り、お二人の人気も再燃してて、『瞬刻の刃』展が七年ぶりに行われることが決まりました」

俺はもうお外を歩けない。

「わかったわ。もう十分よ」

「ある程度は予想してたが、それ以上だな」

母さんと父さんに同情するように、マルコさんが苦笑いで言う。

「ただ先日、聖獣様の加護が戻ったと発表があって、それで祭が行われたんです。だから少しはライルくんたちの話題は落ち着きました。王都の人は新しい話が好きですから」

「それが王都の娯楽だからな」

父さんの言葉を聞いても、俺はそういうものなんだろうかという感想しか出てこない。

都会のことはさっぱりわからないからな。

話が一段落したところで、母さんが提案する。

「これ以上考えても仕方ないし、あとの話は食事をしながらにしましょう。マルコさんも食べていってね。よかったら泊まっていって」

「あっ、はい。ありがとうございます」

「シリウスはどうすればいい？　人と同じものを食べるの？」

母さんが尋ねると、シリウスは頷いて答える。

「できれば同じものが食べたい。あんまり食べたことがないから、興味があるんだ」

「いいわよ。用意するから待ってて」

母さんがキッチンに向かおうとすると、ヴェルデが【念話】を飛ばしてくる。

『ライル様、人数が多いようですのでお手伝いさせていただけますか？』

「わかった。お母さん、ヴェルデが手伝いたいって言ってるけど呼んでいい？」

「助かるわー」

「それじゃあ……【召喚(サモン)】ヴェルデ」

ヴェルデは出てくるなり母さんを手伝いに行った。

「ライルくんは【召喚(サモン)】を習得したんだね。もう驚かないけど」

そう言って余裕を見せたマルコさんだったが、俺が森の民の村に毎日通っていることを伝えたら結局また驚いていた。

「マルコさんの他の従魔たちは村の入り口にいるんですか？」

マルコさんには十匹の従魔がいるはずだが、ウーちゃんとチーちゃんしか見たことがない。

「今は村の入り口から少し離れたところで待ってるよ。僕もこの村に来た時はそこにテントを張って寝てるんだ」

「じゃあ今日はうちの庭に呼んだらどうだ？　隣の家も遠いこんな田舎じゃ近所迷惑もないから」

「いいんですか？　それはみんなも喜びます」

父さんの提案を聞き、マルコさんは庭に出て早速みんなを【召喚(サモン)】した。

たてがみがモコモコした馬や、羊のような毛に覆(おお)われた猿、ヤギっぽい魔物やただの毛玉にしか見えない何かまでいる。もちろんチーちゃんもいた。

共通しているのは、みんなモフモフという点だ。

すると、その様子を見ていたシリウスが俺に言う。

「なぁライル様。うちにも俺ほどじゃないけど、外の世界に興味を持ってるやつがいるんだ。呼んでみてもらってもいいか？」

「いいけど、誰？」

「ギンジとロウガとユキだ」

「今呼んでも大丈夫なの？」

「大丈夫だ。本人たちにも確認した」

シリウスの特殊スキル【運行者（オペレーター）】は自分の群れの状況を把握できて、遠隔で【念話】もできるらしい。

あとで聞いたことだが、ヴェルデの【系譜の管理者】も従魔の状況を把握できるそうだ。

「【召喚（サモン）】ギンジ、ロウガ、ユキ」

俺が唱えると、三匹の銀狼が現れた。

この中ではユキだけ色が白い。種族は普通のシルバーウルフなのだが、アルビノみたいなものなんだろうか。

『『『お呼びいただきありがとうございます』』』

『いいんだ。せっかく仲間になったんだから、やってみたいこととかあったらなんでも言ってほしいしな。とりあえず今日は、みんなと親睦（しんぼく）を深めてもらえたら嬉しいよ』

俺が三匹にそんな話をしていると、マルコさんがキラキラした目をしているのに気付く。

その理由がわかったので三匹に許可をもらうと、マルコさんは嬉しそうにモフモフした。

「なんだ。そういうのが好きなら言ってくれれば良かったのに」

シリウスがそう言って元の姿に戻ると、マルコさんは大興奮（だいこうふん）で顔を埋めていた。シリウスは寛容だな。

夕飯の支度ができたようなので、俺たちはリビングに戻った。

シリウスは俺たちと一緒に来たが、アモンや他の従魔たちは外で従魔同士ゆっくりするらしい。

「エレインの分も用意したから呼んであげて」

母さんに言われて、俺はエレインを【召喚】した。

ちなみにエレインとヴェルデは精霊なので食事をとる必要はないものの、食べることは好きらしい。

いつでも食べに来てくれていいのだが、家族の時間を邪魔したくないらしく、うちには時々来る程度だ。

「シリウスどう？　美味しい？」

「あぁすごく美味いよ！　こんな美味いものを食ったのは生まれて初めてだ！」

母さんの質問に答える時間も惜しいと言わんばかりに、シリウスは食べ進めている。人間の食べ物をあまり食べたことがないと言っていたけど、その割に食べ方がすごくきれいだ。

「シリウスってフォークとかスプーンの使い方が上手だよね？」

「あぁ、昔仲良くしていた冒険者が教えてくれたんだよ。俺はよく遠くからバレないように人を眺めてたんだけど、そいつは俺に気付いてな。『今は俺一人しかいないから、こっちに来いよ』って呼んでくれて仲良くなったんだ。それからは、森で俺に気付く度にパーティーから抜け出してきて、人間の生活の話とか冒険者の話をしてくれたよ」

「今は会ってないの？」

「冒険者を辞めなくちゃいけないから来られなくなるって、最後にわざわざ会いに来てくれた。この服もそいつがくれた物なんだ。いつかまた会えたらいいけどな」

シリウスは懐かしそうに自分の服を見つめていた。きっと大切な出会いだったんだろう。


食事を終えたあと、俺たちはリビングでまったりしていた。

外では従魔たちが楽しそうに遊ぶ声が聞こえてくる。

「マルコはこのあとの旅の予定は決まってるのか？」

父さんがお茶をすすりながら尋ねた。

「いったん、王都に戻ってから古龍の山脈の北側の大地を抜けて、大陸の西側を回ります。西の海で獲れる魔石を使ったアクセサリーは王都では人気ですから」

魔石とは魔力が結晶化したものの総称だ。地球の宝石と同じように成り立ちも性質も見た目も様々で、宝飾品や物づくりに用いられる。

王都がある東側では西の海の魔石、西側では東の海の魔石が人気らしい。輸送手段の限られるこの世界では、遠方の品はそれだけで価値が高いのだろう。

「海かぁ……行ってみたいな」

俺はつい懐かしくて呟いてしまった。前世では島に住んでいて海が身近だったが、この世界に来てからは一度も見ていない。

「ライルがどこかに行きたいなんて珍しいわね」

「トレックは西に混沌の森があるせいで、海に行くには回り道しなくちゃいけないからな」

母さんと父さんがそう言うと、突然エレインが声を上げる。

「ライル様に海はふさわしくありません！」

「エ、エレインどうしたの？」

「海はただデカいだけで品性のかけらもありません。しかも無意味にしょっぱくて、肌はベトベトになります。日差しも強いので肌はボロボロになります」

「そうね、それは良くないわね」

母さんはエレインに同意している。きっとお肌が気になるのだろう。

「リナ様、一番の問題は精霊です。海の精霊は態度がデカくて品がありません。『海はみんなのお母さんなのよ』とか恩着せがましいことを平気で言ってくるし、人のことを見て

『もっと可愛い格好したらいいのに、いつも地味よね』とか余計なお世話ばっかり。しかも本人はミニスカで露出度が高いし最悪です」

「私も仲良くなれないタイプだわ。精霊の世界にもそんなのがいるのね。そういう人に限って……」

なぜかエレインと母さんの二人でガールズトークが始まってしまった。

全く知らなかったが、この二人は気が合うようだ。

俺は自分の身の安全のためにも、万が一海の精霊に出会っても契約しないことを心に決めて、窓から外のモフモフパラダイスを眺めた。

◆

あれ、ここは……？

何色もの色が溶けた水の中にいるような……そうだ、小学校でやったマーブリングみたいな……あれ、なんで俺はこんなところにいるんだ？

ダメだ、考えようとするが頭が回らない。

「あら、ただの可愛い坊やじゃないのね？」

なんだ？　女性の声？

「ふふふ……ちゃんと育ててね。あとシャリアスによろしく」

俺はわけもわからないまま、意識を手放した。

◆

『ライル！　ライル、大丈夫⁉』
目を開けると、ノクスが胸の上に乗って俺の体を揺さぶっていた。すごく心配そうだ。
周囲を見回すと、そこはトレックの村にある家の自室だった。
『なんかうなされてたよ。大丈夫？』
『あぁ、大丈夫だ。夢を見てたみたいだ』
体を起こしてノクスを抱き上げる。
『心配かけてごめんな』
そう言ってベッドから出ようとした時、布団の中の違和感に気付いた。
なんだ？【魔天眼】を発動すると、魔力の塊のような物が二つあった。これは……卵？
布団をめくると、そこにあったのは確かに卵だ……と思う……形は卵だし。
大きさはラグビーボールくらい。

『ライル？　これなぁに？』

『僕もわかんない。誰か入ってきたりしてないよね？』

『うん。誰かが来たら僕よりもライルやアモンが気付くでしょ？』

『そうだよね』

だとしたら、さっきの夢が関係してる？　ちゃんと育ててねとか言ってたけど……

俺はひとまず母さんと父さんに相談し、森の民の村にいるおじいちゃんのところに卵を持っていくことにした。


「おはよう、おじいちゃん。今大丈夫？」

「大丈夫だよ。今日は早いね？」

日課となっていた父さんとの朝稽古（あさげいこ）を中止にして、俺はおじいちゃんに卵のことを相談するべく森の民の村に早めに来ていた。

「これなんだけど、おじいちゃんは何かわかる？」

俺は背負ってきた卵をおじいちゃんに見せた。

「ん？　卵かい？　どこにあったんだ？」

「起きたら布団の中にあったんだ。夢の中で、女の人の声で『ちゃんと育ててね。あとシャリアスによろしく』って言われたから、おじいちゃんならわかると思って」

その話を聞いて、おじいちゃんの顔色が変わった。

「ライル、ひとまずその卵をきちんと育てなさい」

「で、でも、どうやっていいかわからないよ」

急に真剣な表情になるおじいちゃんに困惑する。それに、俺は卵なんか孵(かえ)したことはない。

「毎日何度かに分けて魔力を流し込むんだ。その卵の属性に合った魔力がいいんだが、ライルならわかるだろう？」

「それはたぶん大丈夫……」

「僕はこれからその卵のことで話をしなくちゃいけない相手がいるから、しばらく村を離れるよ。すぐには孵化(ふか)しないと思うけど、もし孵化して従魔契約ができるならしてもいいから。向こうもそのつもりだと思う」

向こうってことは、おじいちゃんは相手がわかっているのか？

「ごめん、ライル。たぶん今回のことはおじいちゃんの不手際(ふてぎわ)だ。だけど心配するような相手ではないから安心してほしい。帰ったらちゃんと説明するよ」

「わ、わかった」

全然わからないが、今はおじいちゃんの言う通りにするほかない。

その日の修業を終えて家に戻った俺は、おじいちゃんが言っていたことを父さんたちにも話した。

「なぁ、ライル？　そろそろ部屋が狭くないか？」

「急にどうしたの、父さん？」

「だってその卵が孵ったらどうするんだよ。なんの卵かわからないけど、寝る場所は必要だろ？　もうお前の部屋だけじゃ無理じゃないか？」

「そうね、シリウスたちも今の時期は庭で寝てくれてるけど、冬になったら厳しいでしょ？　山颪(やまおろし)で森より寒いわよ」

確かにそうだ。全く考えていなかった。

「俺はその時は森で寝るからいいぞ。そこまで迷惑はかけられない」

シリウスの言葉を聞いて、父さんが首を横に振る。

「でもどうせライルは、また誰かを連れてきちゃうだろ。だからこの機会に考えた方がいいと思うんだ」

どうせとか言われると反論したいが、否定できないな。

その時、ヴェルデが口を開く。

「それならご紹介したい者がいます。ライル様、明日少しお時間をいただけませんか？」

「いいけど、どこかに行くの？」

「はい、エレインの力で転移できる場所なのでご安心ください」

◆

翌日――

修業が終わってから、俺はエレインの力で行ったことのない小さな湖に転移した。

「ライル様、こちらです」

ヴェルデの案内で、湖の近くにある洞窟に入る。

「おっ、祠組の精霊じゃないか？　客なんか連れてきてどうしたんだ」

聞き慣れない声のあとに姿を現したのは、二十センチくらいの小人だった。三角帽子を被っており、髭を蓄えている。

「誰か来たのか？」

さらに奥から出てきたのは、全身を赤い鱗で覆われたトカゲの獣人のような男だ。

ヴェルデが二人を指して言う。

「彼らはこの聖獣様の森の土の精霊と火の精霊です」

土の精霊と火の精霊……ということは、種族はそれぞれノームとサラマンダーか。俺は以前おじいちゃんに教わった話を思い出す。

次にヴェルデは、俺たちをその二人に紹介する。

「こちらは聖獣のアモン様、そして主人のライル様です。アモン様に乗っているノクスは、私たちと共にライル様にお仕えしております」

「おいおい、聖獣様を従える人間かよ。しかもまだ子どもじゃないのか？」

「見た目で判断してはいけません。ライル様の従魔術は超一流で、すでに百五十五体の従魔がおります。しかもそれはライル様の力の一端にすぎませんわ」

土の精霊の言葉を聞き、エレインが説明した。そんなに力説されると恥ずかしい。

「お主ら従魔になったと言うが、いつからだ？」

火の精霊が尋ねると、なぜかヴェルデとエレインが少し気まずい顔をした。

「……二年半ほど前です」

エレインは小さな声で答えた。すると土の精霊が「ふーん」と言いながらふわりと浮いて、目線をエレインに合わせた。

「じゃあその間、お主らは、聖獣様に仕えるなんて名誉を自分たちだけ楽しんでいたのか？　名前までもらって」

「そのようなつもりはありません。ただ、しばらくは秘匿するお話でしたので言えなかっただけですわ」

「湖の精霊、お主は口が上手いからな」

　エレインに、今度は火の精霊が口撃した。

　なんだか気まずい空気が流れたので、俺は取りなすように言う。

「ごめんなさい。僕がまだ子どもだから言えないことが多くて、最近まで家族にも秘密にしていたんです」

　すると、火の精霊と土の精霊が俺を見てため息をついた。

「悪い悪い。子どもに気をつかわせちまったな。別にいいんだ。ちょっと妬いただけだ」

「我ら聖獣様の森の精霊にとって、聖獣様に仕えることは名誉なことだからな」

　それから、土の精霊はゆっくり地面に下りてから尋ねてくる。

「ライルって言ったか……いや、ライル様。俺たちもアンタの従魔に加えてくれないか？　ちなみに俺は敬語が苦手だから、それは勘弁してくれ。アンタも普通に喋ってくれればいい」

「右に同じだ。力にならせてほしい」

　火の精霊も片膝をついて頭を下げた。

「わかった。よろしく頼む」

　二人の申し出を了承し、俺は従魔契約のためにそれぞれ名前をつけた。

　土の精霊はアーデ、火の精霊はバルカンだ。

『アーデとバルカンが仲間になって、僕嬉しいよ』

従魔になったことで、【念話】で声が聞こえるようになったアモンに言われて、二人共嬉しそうだ。本当に森の精霊たちは聖獣様が大好きなんだな。

『でもおうちがまた狭くなっちゃうよ』

ノクスの発言で、俺たちは用件を思い出した。

「今回頼みたいことがあって来たのです」

ヴェルデはそう切り出すと、二人にここに来た事情を説明した。

「そういうことか。なら俺に任せてくれ」

一通り話を聞いたアーデが、ドンと自分の胸を叩いた。どうやらアーデは大工仕事や細工が得意らしい。

一方のバルカンは鍛冶が得意なようで、俺のために新しい武器を作ると約束してくれた。

『ねぇ、アーデとバルカンはなんの精霊なの？』

アモンに問われて二人はぽかんとした。

「俺は土の精霊で、こいつが火の精霊だが……」

『この洞窟の土？』

……俺もアモンの質問の意図がまだ読めない。

『だってヴェルデは祠の大樹の精霊で、エレインは湖の精霊でしょ？』

あぁ、そういうことか。俺はアモンの疑問を理解した。アモンは二人の本体が何か聞きたかったのだ。その問いにはヴェルデが答える。

「アモン様。私と彼らとでは起源が違うのです。一般的に精霊というのは、私たちのように人が視認できる存在になった者を指しますが、実際には目に見えない小精霊たちが、この世界には溢れています」

小精霊は自然の気に近く魔力を有しているわけではないので、俺の【魔天眼】でも見えない。というか、俺には自然の気と小精霊の違いを感じ取ることはできない。

「簡単に言うと、私はあの大樹を核に小精霊たちが集まって生まれた精霊なのです。ですが、彼らは違います。精霊界に存在する四つの属性のうちの一つが具現化した精霊です。それを元素精霊と呼びます」

「ちなみに、私も水の元素精霊です。長く湖に住み着いていたので、湖の精霊と呼ばれるようになりましたが」

エレインが誤解のないようにアモンに説明した。もちろん俺はこの話を知っていた。聖獣の森にノーム、ウンディーネ、サラマンダー、シルフという地水火風の元素精霊が住んでいるのは森の民には常識であり、おじいちゃんから教わっていたからだ。アモンとノクスは座学の時間はお昼寝タイムだから知らなかったのだ。

「あれ？　そしたら風の精霊は誘わなくていいの？」

「あの子はどこにいるのかわからないのです。この森の精霊ではありますが、自由に飛び回っているので……見つけたらお教えします」

　エレインの話を聞く限り、いかにも風の精霊っぽい気ままな性格のようだ。

　アーデとバルカンが無事に仲間になったので、俺はトレックに帰ることにした。

　エレインの【湖の乙女】で祠に転移すると、帰る前に頼みたいことがあるとヴェルデに言われ、ヴェルデの本体である大樹の元に連れていかれた。

「この樹にライル様の魔力を注いでいただきたいのです」

　そう言ってヴェルデが指さしたのは、大樹のすぐそばにある俺の身長と変わらない小さな樹だ。

「それだけ？　いいけど、何が起きるんだ？」

「それはお楽しみです」

　ヴェルデは意味深な笑みを浮かべていた。


　ヴェルデの用事を済ませ家に着くと、ちょうど母さんが夕飯の支度を始めた頃だった。

「ただいま、お父さん、お母さん！」

「おかえり、ライル。ほらリナ、家の問題を解決する前に従魔を増やして帰ってきたぞ」

「あらやっぱり。初めまして、ライルの母です」

やっぱりと言われてしまった……おっしゃる通りだが……

「俺はアーデだ。明日からパパッと家を建てるからよろしく頼む」

「バルカンだ。家づくりにはあまり役に立たないかもしれないが、きちんと主君は守る」

二人の自己紹介が終わったタイミングで、俺はおじいちゃんに言われたことを思い出し、卵に魔力を送ることにした。

魔力を注いでいると、父さんが話しかけてくる。

「ライル、なんで魔力を送るのに二つ同時に卵を持ってるんだ？　送る魔力の属性が違うんだったら、片方ずつじゃないと……」

「片方ずつやってると、もう片方が寂しそうにするんだ。だから、左右の手で別属性の魔力を送れるように工夫してやっているよ」

「リナ、またライルがとんでもないことをしてるぞ」

「私はもうそんなことじゃ驚かないわ。卵からだって何が出てくるかわからないし。そうね、人間でも生まれたらさすがに驚くわね」

「そりゃ驚くな」

なんて言い草……卵から何が生まれるかわからないのは俺だって同じだ。それでも少しでも可愛い子であってほしいと願って魔力を送っているのに。

すると、バルカンが尋ねてくる。

「主君は器用なのだな？　火魔法はどれくらいできるのだ？」

「火属性の魔力操作は練習してるけど、教えてくれる人がいないから魔法は習得してないんだ。独学でやろうかとも思ったけど、万が一暴走したら取り返しがつかないし」

実は初めて風魔法を使った時、気合を入れすぎて木をなぎ倒してしまったことがある。

あれが火魔法だったら洒落にならなかった。

「そうなのか。だが主君は凄まじい火魔法の才を持っていると思うぞ」

「そうなの？」

「あぁ。他の魔法の才は我にはわからんが、火の才に関しては魂を繋いだ時にははっきり感じた。まるで火山の如く強き火の気を持っている」

火山の如くか……そういえば前世で暮らしていた島も火山島だったし、そういうのも影響しているのかな。

「土魔法の才能も俺が保証するよ」

「水魔法も間違いないですからね。精霊王がライル様を見たらさぞ驚くでしょう」

アーデとエレインが口々に言った。精霊王なんていうのがいるのか……なんて思っていると、アモンがとんでもないことを口にする。

『いつか精霊王さんも仲間になってくれるかな？』

「あの人は精霊界に引きこもってるからな」

アーデが悩ましげに言うが、そういう問題ではない気がする。

「アモン様からお声がかかれば来るかもしれませんよ」

『じゃあ今度精霊界にも遊びに行ってみようね』

エレインもアモンも暢気だなぁ……そんな気楽に遊びに行けるようなところじゃないと思うぞ、たぶん。

◆

その次の日の朝――

いつものように家族で朝食を食べていると、ヴェルデがやって来た。

見たことのない女の子を連れている。その子は、ヴェルデと同じ緑髪をショートボブにしていて、メイド服を着ていた。

俺を見ると、ペコリと頭を下げた。

「ヴェルデ、その子はどうしたの？」

母さんがヴェルデに聞くと、彼は笑顔で答える。

「私の子です。昨日ライル様と作りました」

父さんと母さんが手に持っていたスプーンを落とした。

「ライル……お前いつそんなに大人に……」

「私の孫……？」

俺にもさっぱり意味がわからなかった。「子どもなんか作ってない！」と喉元まで出かけたが、五歳児の台詞じゃないのでなんとか堪えた。

「全然意味わかんないんだけど、どうしたの？」

「ライル様、覚えてらっしゃらないのですか？」

ヴェルデは俺の質問に真面目な顔で返してくるが、それ以上は本当に誤解を生むからやめてほしい。

ん？　昨日作った……ってことは……

「もしかして、僕が昨日魔力を送った樹のこと？」

「そうです。私には【接木】というユニークスキルがあります。これは私の眷属を生み出すためのスキルです。そのスキルを用いて、ライル様の魔力を注いだ樹より眷属を生み出しました」

だから「ライル様と作りました」と……なんて紛らわしい言い回しをするんだ！

「俺はてっきり……なぁ？」

「五歳のライルがそんなわけないんだけど、この子ならありえるのかと思ってしまったわ」

父さんと母さんがほっとしたように言った。いや、それよりも……

「ヴェルデはなんで眷属を生み出したの？」

「私にはライル様とアモン様のそばでお仕えするという仕事の他に、祠の守護という大切な役目がございます。この二つの両立が難しくなってまいりましたので、祠の守護を任せられる者が欲しいと思い、眷属を生み出しました」

俺たちのためっぽく言ってるけど、自分がこっちに来たいだけなんじゃないか？

「つきましてはライル様、この子とも従魔契約をお願いいたします」

「う、うん」

また従魔が増えてしまった。まぁ、仕方ない。名前はスイにしよう。

「それから家づくりにお役立ていただきたいと思い、木材を持ってきましたので表に置いております」

ヴェルデに言われて窓から外を見ると、大きな丸木が置いてあった。

「おい……これってまさか？」

後ろから様子を見ていたアーデが何かに気付いたようだ。

「はい。私の体だったものです」

えっ――――――！

「私の体って……あの祠の大樹でしょ？　それって大丈夫なの？」

「大丈夫です。私は確かにあの大樹から生まれた精霊ですが、すでに魂を体から解き放てるほどの力は得ていました。あの体に愛着がなかったわけではないですが、スイに跡を継がせると決めた以上、あそこにあっても邪魔なだけです。この木はただの木ですので、どうぞお使いください」

そこまで尽くしてくれるのか……俺はヴェルデの気持ちを受け取り、アーデに頼む。

「アーデ。この木を家に使ってほしい。それと、木から小さな首飾りを作ってもらうことはできる？」

「そりゃできるが、首飾りなんかどうするんだ」

「僕がつけるんだよ。ヴェルデの気持ちを忘れないように」

アモンやノクスも作ってほしそうだったので、アーデには三つ制作してほしい旨(むね)を伝える。俺とお揃いがいいんだろう。

ヴェルデは恐縮していたけれど、俺に必要なことだと言って了承してもらった。

「よっしゃ！　じゃあ俺は作業始めるから、ライル様は修業に行ってくれ」

そう言うとアーデは外に出て、いきなり十人に分身した。しかもそのうち一人は五メートルほどの巨人になった。これがアーデのユニークスキル【同時作業(マルチタスク)】の力のようだ。

確かにこれなら一人で作業できそうだ。

家のことはアーデに任せて、俺はいつものように森の民の村に修業に向かった。

修業を終えて帰ると、すでに家はできあがっていた。ある程度は今日中にできると聞いていたが、信じられない完成度だ。上から見てL字になるように、元の家に新しい家がくっついた形になっている。

「おう、ライル様！　まだ細かい作業は残ってるが、概ね完成だ。住むにはなんの問題もない」

「てっきり新しく建てるのかと思ってたけど、元の家を増築したんだね」

「診療所は今のままの方がいいってリナ様が言うからな。リナ様とヒューゴ様は今まで通りの生活ができるようにしたよ」

それは嬉しい。何もかも変わってしまうのは寂しいものだからな。

増築部分の一階はガレージのようになっており、半分は外で寝たい従魔たちが雨風に当たらず寝られる場所に、もう半分はアーデとバルカンの工房になっている。

二階には部屋が五つある。そのうち一部屋が俺、アモン、ノクスの部屋だ。そして一部屋はシリウスの部屋にした。あとの部屋は従魔が増えた時にどこで寝るか決めることになった。

もしかしたら、シリウス以外にも部屋で休みたい銀狼が出てくるかもしれない。百五十匹みんながそうなったら交代制だな。

　精霊組の部屋も用意しようとしたが、精霊たちは自分たちと相性の良い物体に宿って休むらしい。そのためエレインは今まで通り湖で、アーデは自分で持ってきた謎の石、バルカンは自作の剣を工房に置いてそれで休むそうだ。

　ヴェルデが宿るのはもちろんこの家。きっとそれも考えて材料として提供してくれたのだろう。

「ライル様、こんばんは。すごいお家が建ちましたね」

　外から家を眺めていたら、ガーボルドで出会ったマリアことフィオナさんが声をかけてきた。父親のザックさんも一緒だ。村でも引き続き偽名を使っているので、彼女の本名を知っているのは俺だけだ。

　ここ最近、フィオナさんの魔力循環不全はだいぶよくなり、もう少しで治療の必要もなくなるところまできていた。

「従魔のアーデが頑張ってくれました」

「アーデだ。きれいなお嬢さん、よろしくな」

　アーデは俺の肩に乗って挨拶した。

「ふふふ……ありがとうございます。マリアです。昼間はすごい活躍ぶりでしたね。村の人たちもさすがに驚いてましたよ」

「そうなんですか？」

俺が尋ねると、フィオナさんは頷く。

「巨人が突然村に現れたら驚きもしますよ。リナ様がすぐに説明してくださったので、大丈夫でしたけど」

「あれはリナ様や村の人に悪いことをしたよ」

アーデは申し訳なさそうに言うが、これは俺の不手際でもあるのであとで母さんに謝ろう。

ザックさんが口を開く。

「俺はこんなにすごい従魔術の使い手を初めて見た」

「すごいのは僕じゃなくてアーデですよ」

「それだけの力がある者と契約できること自体がすごいんだけどな」

ザックさんに苦笑いされてしまった。

「ライル様、魔力操作のトレーニングが上手くできているか見てもらえますか？」

「はい、いいですよ。意識して魔力を循環させてみてください」

フィオナさんは最近、自分で魔力操作して魔力詰まりを予防するトレーニングをしている。これも治療の一環だ。

俺は手を握り、フィオナさんの魔力の流れを確認した。

本当は【魔天眼】があるので見るだけでいいのだが、そのスキルは内緒だ。

「前よりも上手くなってます。末端への意識をもう少しできるようになるといいですね」

「自分でやってみて思いましたが、これは本当に難しいですね。習得までの道のりは長そうです」

「普通は大人でもなかなか習得できない技術だからな。そう簡単にはいかないさ」

ザックさんがそう言ってフィオナさんの頭を撫でた。

「でも今のペースなら、マリアさんも二年かからないと思います」

俺がフィオナさんをフォローすると、彼女は笑った。

「なら頑張って練習を続けないといけませんわね」

「無理しすぎないように気をつけてください」


フィオナさんたちが帰っていったあと、元の家の玄関から家の中に入ると、景色が変わっていた。

リビングがものすごく広くなっていたのだ。

「おかえり、ライル。アーデはすごいぞ。この部屋も改築してくれたよ」

「あなたの部屋と客間の壁をなくして、リビングと繋げてくれたのよ」

父さんと母さんが感心したように言うと、俺の肩に乗るアーデが鼻をこする。

「ライル様の部屋は新しく作ったから、食事するところが広い方がいいと思って繋げたんだ。勝手にやっちまったんだけど良かったかい？」

アーデは勢いでやってしまったらしく、俺に許可を取らなかったことを気にしているらしい。

「いいよ、広い方がみんなでご飯を食べられるしね」

リビングの庭側に面する壁は大きな窓がつけられ開放的になり、外には広いテラスが作られていた。これなら外の従魔と距離を感じない。

「気に入ってくれたみたいでよかった。それでノクス、明日は俺に協力してくれないか？」

アーデが唐突にノクスに声をかけた。

『僕？　なんで？』

「建物に付与魔法を施すつもりなんだが、なんでもお前のユニークスキル【拒絶の鏡】は色んな防御壁を展開できるらしいじゃないか。それを俺が付与魔法でこの家に固定すれば、断熱、耐物理、耐魔法の頑丈で住みやすい家ができるってわけだ」

『僕の力でおうちを守れるの？　やったー』

ノクスは嬉しそうだ。

その後もアーデは何かやることを見つけては動いていた。やり出したら止まらないタイプらしく、元の家の外壁を補修したり、花壇を作ったり、必要な家具を用意してくれたりと一生懸命に働いていた。

父さんと母さんの要望を聞きながらやっているので二人とも大満足みたいだし、本人も好きでやっているようなので良かったと思う。

◆

アーデたちが家に来てから二週間ほど経ったある日——

夕食後、俺がリビングでみんなと話をしながら、いつも通り二つの卵に魔力を送っていると、卵が突然動いた。卵の中の魔力が強くなったのが見てわかる。しかも二つともだ。

「もしかして生まれる？」

俺の言葉を聞いて、その場の全員の視線が卵に集中したその時、卵が光り出した。

そして殻（から）の上部が割れ、二つの卵から、それぞれ顔を覗かせた。

「ドラゴンだ……可愛い」

生まれたのは翼のついた小さいドラゴンだった。

一匹は二本角に全身が黄色の鱗で、瞳が金色の雄（おす）。もう一匹は、緑がかった水色の表皮に覆われた青い瞳の雌（めす）だ。

俺は早速【念話】で語りかける。

『俺の声が聞こえるかい？』

『はい、ちちうえ』

『ちちうえー』

俺、五歳なのに父上とか言われちゃった。というか【念話】とはいえ、もう言葉を理解できるほどの知性があるんだな。それにしても、メッチャ可愛い。瞳をキラキラさせて、俺を見つめてくる。

『俺の従魔になってくれるかい?』

俺が尋ねると、二匹は素直に頷いた。

『はい、おねがいします』

『ちちうえ、おねがいします』

よし、なら名前は……

「シオウ、アサギ」

全身黄色の雄がシオウ、水色の雌がアサギだ。

『シオウ、アサギ。僕はアモンだよ。よろしくね』

『ノクスだよ。可愛いね』

覗き込んだアモンが二匹をペロペロと舐め、ノクスも愛おしそうに見ている。

二匹は『くすぐったいよー』と言って笑っていた。

「可愛いドラゴンね」

「本当だな。まだ小さいけど、どれくらい大きくなるんだろうな」

母さんと父さんは優しい声で言った。

「主君、ドラゴンを従魔にしてしまうとは……」

「もうなんでもありかよ……」

「ライル様は英雄になるんだな……」

「ライル様なら当然ですわ」

バルカン、アーデ、シリウスが呆れた表情を浮かべるが、エレインは誇らしそうに言った。

ヴェルデもエレインの言葉に頷いている。

「ドラゴンを従魔にするのって珍しかったりする？」

俺が恐る恐るアーデに尋ねると、アーデは頷く。

「世界の瘴気を封じた英雄が従えてたって話があるけど、御伽噺のレベルだぜ……」

「御伽噺でも前例があるなら大したことないわ。そもそも聖獣様を従魔にしてるんだから」

「大丈夫だ。お前たちもすぐ慣れるから安心しろ」

ドン引きするアーデに母さんと父さんが声をかけた。

「我らの主君はとんでもないのだな。我らも強くならねば」

「あぁ、俺も気を引き締めるよ」

「俺も頑張らないと部屋がなくなっちまうかもな」

バルカンとアーデは神妙な顔をしているが、シリウスだけなぜか部屋の心配をしている。

別に部屋は頑張った順にあげているわけじゃないけどね。

『ねぇアーデ。そんなことより、シオウとアサギのベッドを作ってあげてよ。まだ赤ちゃんだし、僕たちと同じ部屋で寝よう』

アモンの言葉に、アーデは「わ、わかった」と返す。

ノクスの時もそうだったが、アモンはお兄さん気質で、下の子ができるとすごくしっかりする。

『家族が増えて嬉しいね、ライル』

アモンにそう言われ、俺は素直に頷いた。そうだ、家族が増えて嬉しい。それで十分だ。

◆

某日某所、森の民の村を出てこの場所にやって来たシャリアスの前には、一匹の巨龍がいた。

「ねぇシャリアス？　私とっても傷ついたわ」

巨龍は声を荒らげるでもなく、静かにシャリアスを責める。

「あなたを信じて待っていたのに、ハンスの坊やたちにだけ聖獣様についての話をするなんて」

「すまない……こちらもいっぱいいっぱいで。君が知っているとは思わなかったから」

「私にも神託があったのよ。だから待ってたの。なのに……待たされるだけの女は哀れだと思わない？」

男にとって一番辛い責め方をしてくる巨龍に、シャリアスはただただ頭を下げる。

「君に恥をかかせたのは、僕の不徳の致すところだ。本当に申し訳なかった。道理を考えれば君に話をするのは当然だったのに」

「うふふ……ごめんなさい、ちょっとからかいすぎたわね。五十年ぶりの会話がこんなんじゃつまらないわ」

巨龍はようやく硬い表情を崩し笑った。

「でも言ってほしかったのは本当よ。これでも聖獣様の森を空から守護する立場なんだから」

「ごめん。王家に聖獣様のことを隠していたことが問題ないとなった途端、つい気が緩んでしまってね」

「わかってるわ。あなた、あの可愛い坊やのためなら、ハンスの坊やと敵対、戦争しても構わないと思っていたんでしょう？　顔に似合わずジジバカなのね」

それはシャリアスも自分で認めているところなので、反論できない。巨龍は続ける。

「でも、あなたが心配するのも無理ないわ。あなたの可愛いあの坊やったら、私の【夢渡し】の中で意識を覚醒しそうな気配があったもの」

「それは本当かい⁉」

「えぇ……さすがに私も驚いて、伝えることだけ伝えて逃げたわ。それだけ強い魂ってことね」

「そうか……あの子の能力はまだまだ底が見えないね」

じっと何かを考えている様子のシャリアスに、巨龍が声をかける。

「まぁ今考えても仕方ないいし、行きましょうか？　もうあの子たち、生まれてるみたいよ」

「……ああ。ちなみに、僕はここに来るまでどれくらいかかった？」

「二十日よ」

「相変わらず君の幻惑魔法はキツいね」

そう言って、シャリアスは苦笑いする。この場所は巨龍の手によって結界が張られており、普通の人間が立ち入ることができないようになっている。

「あなたのためだけに結界を解くわけにいかないもの。迎えに行ってあげても良かったけど、これくらいの嫌がらせは許してほしいわ」

そういうと巨龍は移動しやすいように自分の体を少し小さくし、シャリアスに自分の背中に乗るよう促した。

「君に乗って飛ぶのは久しぶりだね」

「あなたとマーサを乗せたのが懐かしいわね」

マーサの名前が出て、少し切ない空気が流れる。

「さぁ行くわよ。しっかり掴まってね」

そう言うと巨龍は空に飛び立った。

◆

『ちちうえー！　みて！　みずがこおったよ！』

『僕はビリビリがだせるってー』

アサギは氷の息を吐き、シオウは全身を帯電させて遊んでいる。

俺――ライルが確認したところ、アサギの種族はアイスドラゴン、シオウはサンダードラゴンだった。

二匹の遊び相手は主にエレインとヴェルデだ。二人によると、ある程度シオウとアサギが自分の能力を使いこなせるようになったら、魔法などの訓練をするつもりらしい。

『アサギもシオウもすごく上手――』

「ライル様、よそ見をしている場合ではありません」

「ほらここ！　隙が生じてますよ」

『遊ぶのはあと！　また負けちゃうよ』

森の民の戦士二人とアモンの声で我に返る。俺は今、戦闘におけるアモンとの連携を強化する修業をしている。

集中しないといけないのに、つい二匹の可愛い声に意識を持っていかれてしまった。

「ふぅ……やっぱり今日も勝てなかったなぁ」

「そんなに簡単に勝たれては困ります。我々も教えることがなくなってしまいますから」

「それでもライル様は覚えが早いので、修業時間の大半を実技に使えますし、我々から一本取れる日もそう遠くないと思いますよ。あと一年は負けるつもりはありませんが」

そんなことを森の民の戦士と話していると、上空から何かが迫ってくる気配がした。

「誰か……来る？」

そう思って空を見上げるが、【魔天眼】でも何も見えない。

しかし――

「あら、気付いたのね。さすがだわ」

ふいに女性の声が聞こえた……と思ったその時、大きなドラゴンが突然目の前に現れた。

体長は七メートルほどあり、その体はピンクパールのように薄桃色に輝いている。

あまりの美しさに俺は警戒するよりも、見惚(みと)れてしまった。

「あなたたちの長を連れて帰っただけだから安心しなさい」

巨大なドラゴンはそう言って、背中を向けてくる。そこにはおじいちゃんの姿が。

「やぁみんな、驚かせて悪いね。いつもはここまで送ってもらわないんだけど、今日は彼女もみんなに会いたいって言うから」

「ねぇシャリアス、早く降りてもらえる？　この姿のままだと狭いし、みんなの首も疲れちゃうでしょ？」

「それはそうだね」

おじいちゃんが降りると、ドラゴンはみるみる小さくなり、スレンダーな女性の姿に変身した。腰まで伸びたストレートヘアは、ドラゴンだった時の表皮と同じく美しい淡いピンク色を帯びながら、見る角度によって色を変えた。女性が自己紹介する。

「みなさん、初めまして。私は古龍の山脈の長。正式な名前はないのだけど、ファンちゃんと呼んで」

「公(おおやけ)にはしてないけど、彼女には聖獣様の森を空から守る役目があるんだ。だから本当はライルとアモンを紹介しなきゃいけなかったんだけど……その……忘れてたんだ」

おじいちゃんは他の言い回しが思いつかなかったらしい。

「その件はもういいわ。ここでこのまま立ち話するの？」

「そうだね。とりあえず中に移動しよう」

俺たちはおじいちゃんの家で話をすることになり、そこでフィリップ伯父さんが合流した。ただ、一緒に修業していた森の民の戦士たちには席を外してもらった。

みんなが席に着くと、ドラゴンだった女性が口を開いた。

「あなたが今回聖獣様に選ばれたアモンね。改めましてよろしく。私も他のみんなと同じようにこんな感じで話すけどいいかしら？」

『いいよ！　ファンちゃん、よろしくね』

アモンの言葉に、彼女は満足そうに頷いた。

「えっと……僕はたぶんファンさんと会ったことがありますよね？」

俺が尋ねると、ファンさんはふいっとそっぽを向いて言う。

「ファンさんはやめて。可愛くないから」

「ファン……ちゃんは、この前夢で会った方ですか？　声もそっくりですし……」

「やっぱりわかってたのね。そうよ、夢で話しかけたのは私。あれは私のスキル【夢渡し】といって、他人の夢に自由に入り込めるの」

「じゃあ、アサギとシオウはあなたの子なんですか？」

俺が気になっていたことを尋ると、アサギとシオウが『ははうえなの？』とざわつき始める。

「それは違うわ。そもそも上位の龍種は、交配で生まれるわけではないのよ。精霊に近くて自然の気が結晶になって魂が宿るの。それが卵という形になるんだけど、別に誰かが産んだんじゃないわ」

『やっぱりちちうえだけだ』

『ちちうえだ、ちちうえだー』

アサギとシオウはわかっているのかいないのか、舌足らずな声を上げじゃれついてくる。別に俺が産んだわけでもないけどな。俺はさらに質問を投げる。

「どうしてアサギとシオウを僕に託したのですか？」

「あなたにコンタクトを取ろうとしたら、その卵が山に現れたの。これも神託と捉えるべきだと考えてあなたに託したのよ。あなたならドラゴンでも契約できると思ったし」

ファンちゃんは以前から俺のことを知っていたような口ぶりだが、神託って言ってたし国王と同じような経緯なのかな。

神託といえばカムラたちからはなんの音沙汰もないが、このままでいいのだろうか？　まぁ、今考えることじゃないか。

おじいちゃんが口を開く。

「ファンちゃんがいる古龍の山脈は混沌の森に接していて、瘴気の流れをファンちゃんが監視してくれているんだ。だからいつもは、あんまり山から下りてくることはないんだよ」

「もちろんずっと見てるわけじゃないし、息抜きに姿を消して空を飛んだりはするけどね。私の存在は公にしていないし。長く生きてる龍なんて知られたら無駄に信仰されかねないものだけど、今回はライルっていうイレギュラーがあるし、これから何か起こった時のために、ある程度面識があった方がいいだろうってことで、山から下りてきたのよ」

話が一段落したところで、アモンが声を上げる。

『じゃあ、僕聞きたいことがある！』

「どうしたの？」

『ファンちゃんはさっき、龍のままでみんなとお話ししてた。あれってどうやるの？』

「ああ、あれね……アモンはみんなとお話ししたいのね？　教えてもいいけど、魔物が直接喋るといろいろと厄介なこともあるの。【人化】の方がまだ珍しくないからいいと思うけど」

『僕も【人化】を覚えようか悩んだんだけど、僕が【人化】を覚えたら、シリウスが、俺が劣化版アモンって呼ばれちゃうって、悲しそうに言ってたの』

おいシリウス……切なすぎるだろ。確かに犬系だし、いろいろとキャラは被っているかもしれないけど……

エレインとヴェルデは必死で笑いを堪えていた。

『ファンちゃん、仲のいい人以外とは喋らないようにするから教えて。僕も家族と直接喋りたいんだ』

『僕も……』

すると今度はノクスも声を上げた。最近は精霊やシリウスなど、人間と普通に話せるメンバーが増えてきていたので、アモンやノクスは寂しさを感じたのかもしれない。

俺が気付いてあげなきゃいけないことだったな。

ファンちゃんはアモンとノクスの真剣な表情を見て、頷いた。

「わかったわ。実は方法は二通りあるの。アモンは風魔法を使える？」

『うん。みんなにも上手だって褒めてもらえるよ』

「じゃああなたには、風魔法を応用して人に言葉を伝える方法を教えるわ」

『僕は？』

風魔法を使えないノクスは不安そうに聞いた。

「ノクスは、私に近い性質を持ってるから、幻惑魔法を習得できると思う。それを使えば相手に直接語りかけることができるし、あなたの眠ってる力を呼び覚ますこともできるわ」

ファンちゃんの言葉を聞いたアモンとノクスは、クルクル回りながら喜んだ。

「それからシオウとアサギ。あなたたちは【人化】の習得を目指しなさい。ドラゴンは成長が早いし目立つわ。ライルと一緒にいたいなら必要になるから」

『わかった。ちちうえ、がんばるよ』

『ちちうえといっしょー』

アサギとシオウが俺にすり寄ってそう言った。可愛い以外に感想がないほど、可愛い。ついでなので俺も二匹を撫でながら、気になっていたことを聞いてみる。

「ファンちゃんはどうしてアモンたちの言葉がわかるんですか？」

「ふふっ、それは女の秘密よ」

色っぽく返されたが、それ以上聞くなということらしい。

「でも教えるって言っても、君はそんなにしょっちゅうは来られないだろ？」

おじいちゃんが聞くと、ファンちゃんは頷く。

「そうね……風魔法の応用はやり方さえわかれば大して難しい方法じゃないのだけど、幻惑魔法は私がしっかりついて教えるしかないわね」

その時、ノクスが口を開いた。

『僕がファンちゃんについていくよ』

「ノクス、いいの？　私の修業は一年くらいかかるわよ」

『うん。ずっとライルのそばにいたいけど、そのためには僕も強くならなくちゃ。でも時々、【念話】でお話ししてもいい？』

「いいわよ。ライルとアモンはそれでもいい？」

『寂しいけど……また帰って来るんだよね？』

『うん！　帰ってきたらずっと一緒にいられるよ』

アモンの問いに、ノクスは元気に答えた。今度は俺がノクスに尋ねる。

「ノクスは寂しくないの？」

『僕は元々一人だったんだよ。でも、今は離れてても家族がいるから』

「そうか」

ノクスは俺よりよっぽど立派だな。

たまらなくなってノクスを抱くと、アモンとアサギとシオウもすり寄ってきたので、みんなまとめて抱きしめた。

第三章　進化をもたらすもの

ノクスが古龍の山脈に行ってから数ヵ月経ったある日。

修業が終わりトレックに帰ろうとしていたところ、フィリップ伯父さんから声をかけられた。

「ライル。明日は泊まりで出かけるからそのつもりで」

「いいけど、何をしに行くの？」

「明後日、洗礼の儀があるだろ？　アイガンから来る人たちの護衛を僕と一緒にしてほしいんだ。明日はアイガンに行って向こうで一泊。次の日は護衛しながらこっちに戻ってくるって感じ」

アイガンは聖獣の森の入り口にある村だ。この森の民の村に入るには事前に申請をして、アイガンから入らなければならない。

「わかった。何か準備するものはある？」

「特にないよ。ただ、シオウとアサギはトレックでお留守番だ」

『なんでだよー！　俺も行きたい！』

『私もお留守番やだ！』

ここ最近、めっきり流暢に言葉を話すようになったシオウとアサギが抗議するが、伯父さんには鳴いているようにしか聞こえていない。

「たぶん君たちは来たいって言ってるんだと思うけど、無理だよ。まだ【人化】できないでしょ？」

『『う……』』

黙ってしまった二匹に、俺は声をかける。

「シオウ、アサギ。悪いけど、今回は我慢してくれる？」

『父上が言うならいいよ』

『私も我慢する』

俺は俯く二匹の頭を撫でた。アサギとシオウはトレックでもあまり外には出られない。いくら辺境の村とはいえ、さすがにドラゴンは騒ぎになる。

だから、事情を知っている森の民の村が、二匹にとって伸び伸びできる唯一の場所なのだ。

「エレイン、僕がいない間アサギとシオウのそばにいてくれる？」

「わかりました。洗礼の儀が終わるまでは私と祠のところにいましょう」

俺がエレインに呼びかけると、彼女は快く引き受けてくれた。

『あそこならいいな！』

『うん、スイちゃんと遊ぼう』

シオウとアサギが気持ちを切り替えられたみたいでよかった。

◆

翌日——

俺は伯父さんとアスラ、パメラ、クラリスら『鋼鉄の牛車』と一緒にアイガンの村に向かった。

従魔で連れてきたのは、アモンとヴェルデとシリウスだ。

「伯父さんって村から出るの久しぶりなんじゃない？」

俺が聞くと、伯父さんは頷いた。

「うん、王都から戻ったあとは一度も出てないよ。まぁ、森の民はあんまり外の世界に出ないから珍しいことでもないんだけど、僕は外を知ってる分、たまには王都とかに行きたいっていうのが本音かな」

「王都では何をしていたの？」

「主に財務の手伝いだよ。ほら、父さんって特殊な立場でしょ？　普通の貴族なら王都にも屋敷を構えて国務をしなきゃいけないんだけど、うちは貴族と同じような立場にもかかわらず、そういう義務がないんだ。でも国の中にはそれを良く思っていない輩もいるから、数年おきに僕が王都に出向いているわけ」

なんか面倒くさそうな世界だ。

「いいなぁ……いつか王都に行ってみたいなぁ」

伯父さんの話を聞いてシリウスが呟いたので、俺は尋ねる。

「やっぱり都会に興味がある？」

「まぁな。話でしか聞いたことないから、見てみたいとは思う。それに、俺に服をくれたやつも王都で仕事するって言ってたからさ」

「おっ！　それなんの話だ？」

アスラが興味を持ったようなので、シリウスは昔知り合った冒険者の話をみんなに聞かせた。

「もしかしてそのカーキの服ってその人にもらったの？」

パメラの質問に、シリウスが頷いて答える。

「そうだよ」

「やっぱり。それって相当いい服よ。王都一の高級店ゼクト商会の服だもの」

「そうなのか？」

「ええ。どうしてこんなにいい服を持ってるのか気になってたのよ。その冒険者の人、結構お金持ちなんじゃない？」

その話を聞いて、シリウスは手を顎に当てて考え込む。

「そういう風には見えなかったけどな。いいやつだけど、俺から見ても明らかに馬鹿だったぞ。すげぇ強かったがな」

金持ちと馬鹿は関係ないと思うけど……

その後も特に何も起きることなく俺たちはアイガンに到着し、宿泊先に向かった。すると受付の人が不思議なことを言う。

「お連れ様がお待ちでございます」

「伯父さん、お連れ様って何？　僕、聞いてないよ」

「俺たちも聞いてませんよ」

アスラたち『鋼鉄の牛車』のメンバーも知らないみたいだ。

伯父さんはニヤニヤしながら、俺たちを先導する。

「なんか嫌な予感がする……」

俺が思わず口にした時――

「嫌な予感とは何よ！　私が会いに来たのに嬉しくないわけ？」

視界に飛び込んできたのは、ピンク髪のお姫様だ。

「ロッテ!?　なんでここにいるの？」

「おじい様にお願いして来させてもらったの。だって、ライルにずっと会えないんじゃつまらないもの」

伯父さんが言っていた「アイガンから来る人たち」ってロッテたちのことだったのか……

相変わらずのお転婆ぶりに、俺はただただ呆然とするばかりだったが、ハッと我に返って言う。

「まさか会えるなんて思ってなかった。少し背が伸びて美人になったね！」

「もう……すぐそういうこと言うんだから……でもさっき、嫌な予感って言ってなかった？」

「それはロッテだと知らなかったし……」

伯父さんがあんな笑い方するから、ドッキリでも仕掛けられるのかと思ったよ。まぁ、似たようなものだけど……

「みんな中に入ってよ。ライルの嫌な予感の正体は中にいるから。ロッテも姫なんだから人前で騒がないの」

ロッテの隣に立っているのは彼女の父、王太子のマテウスさんだ。というか、まだ何かあるのか。

俺たちはマテウスさんに促されて、部屋の中に入った。

「ほら、嫌な予感の正体はあれだよ」

マテウスの指す先にいたのは……ジーノさんだ。

「確かに嫌な予感だな」

「ええ、間違いないわ」

アスラとパメラが冷たく言った。

「相変わらずみんなひどいんだから｜。ってあれ？　なんで銀狼くんがいるの？」

そう言ってジーノさんはシリウスを見た。

「ジーノじゃねぇか！　お前こそなんでいるんだよ！　ちょうど今日来る時、お前の話をしてたんだ！」

シリウスがすごく嬉しそうにジーノさんに駆け寄った。

「元冒険者で、王都で働いてて、金持ちですげぇ強い馬鹿……なんで気付かなかったのかしら……」

「っていうか、名前聞けばよかったな」

パメラとアスラが遠い目で二人を見ている。

「ねぇ、ライル。僕はもっと素敵な人を想像してたよ」

「伯父さん、僕も同じ気持ちだよ」

『僕もだよ。ライル』

「失礼ながら私も」

アモンもヴェルデも残念そうだ。本当はいい話のはずなのに、なぜだろう。

まぁ、これ以上みんなの期待が膨らむ前に事実がわかってよかったと思うことにしよう。

シリウスとジーノさんが再会の喜びを分かち合ったあと、俺は王家がここに来た目的を尋ねる。

「マテウスさんたちはなんで今回いらっしゃったんですか？　洗礼の儀がある度に来ているわけじゃないですよね？」

「うん。今回は聖獣様の加護が戻って初めての洗礼の儀だから、お祝いっていう名目で来たんだ。さすがに前回みたいに、みんなで来るわけにはいかなかったけどね」

今回はマテウス王太子、ヒルダ王太子妃、ロッテ、ジーノさんだけだ。

「でもみなさんって、王位継承権上位の方ばかりですけど、一斉に国を空けて大丈夫なんですか？」

「そんなことを心配してくれるなんて、ライルくんはさすがだね。ただ、実は俺とジーノの間にはもう一人男子がいるんだ。あまり外に出たがらないやつなんだけどね。だから万が一の保険はちゃんとかけてある」

「そうだったんですね」

「来年は父さんたちが来る予定だ。まぁ、みんな理由をつけて、森の民の村に行きたいだけなんだけど」

「私は来年も絶対来るわよ！」

ロッテの宣言に、マテウス夫妻もやれやれといった感じだ。すると、そのロッテが尋ねてくる。

「ライル、今日はなんでノクスはいないの？」

「今ノクスは、僕らと離れたところで修業してるんだよ」

「修業ってどこに？」

俺がどう説明したものか悩んでいると、マテウスさんが口を挟む。

「ロッテ、森の民の修業は秘密が多いんだ。あまり質問攻めしたらライルくんがかわいそうだよ」

「そうなのね。ごめんなさい」

俺は首を横に振る。

「いいよ。それよりも、ロッテの話を聞きたいな」

「私はね、ステータスボードをもらってからは騎士団のみんなと……」

それからロッテは自分がこの一年何を頑張ってきたかについてや、王都で行われたパーティーで失敗した話などをたくさん教えてくれた。

「それなのにね、おじい様ったら――」

「ロッテ。今日はそれくらいにして休むわよ。明日もお話しできるし、パーティーだってあるでしょ？」

「はーい、お母様」

喋り続けていたロッテは、ヒルダさんの言葉に素直に従った。

俺は二人の会話の中で気になったことを尋ねる。

「ねぇ、伯父さん。またパーティーがあるの？」

「あるよ。王家がいるいないにかかわらず、毎年洗礼の儀のあとはパーティーをしている。うちにとっても外と関わりを持つ年に一度の行事だからね。マテウスたちだってその来賓(らいひん)なわけだし」

「それって……」

「もちろん、ライルも出る予定だよ。ライルが森の民の村で修業してるのは周知の事実なんだから。みんなライルに会えるのを楽しみにしていると思うよ」

伯父さんは当然のように言うけど……まぁ当然なんだろうな。でもまた大勢の前に立たなくちゃいけないなんて、予想していなかった。

「とりあえず明日も移動だし、今日はもう寝よう」

マテウスさんがそう締めてみんな解散した。

◆

その次の日――
俺たちはアイガンから森の民の村に向かっていた。

　聖獣の森に入って二時間ほどした頃、俺はこちらに向かってくる魔物の群れを察知した。

「伯父さん。群れで向かってくる敵がいる。数は十。アモンと先行して迎撃（げいげき）するよ」

「わかった。頼んだよ」

　俺はアモンに乗って、察知した方向を目指した。アスラたちもついてくる。

　やがて見えてきたのは、ゴブリンの群れだ。この程度なら……

　俺は矢を射り、十匹全てのゴブリンを仕留めた。

「さすがライルね。弓の腕前はとんでもないわ」

「俺たちの出る幕ではなかったな」

　パメラとアスラが褒めてくれるが、あることに気付いた俺はそれどころではなかった。

「残念ながらまだ終わってないと思います。急いで戻りましょう」

　俺たちが戻ると、伯父さんが声をかけてくる。

「ライル、大丈夫だったか？」

「ただのゴブリンだったから、すぐに仕留めたよ。でも、そのゴブリンから魔力が飛んでいくのが見えたんだ。群れに指示を出せる【運行者（オペレーター）】スキルを使えるものが後ろにいるかもしれない」

「ゴブリンキングか？」

「たぶんね。魔力が飛んだ方向を見ながら、僕とアスラさんたちで追うから、伯父さんは王家のみなさんを村にお連れして」

「わかった。ライルとアスラたちなら問題ないと思うけど、気をつけて」

その時だった。

「楽しそうじゃん！　俺も見に行こう」

馬鹿が馬車から降りてきた。

「ジーノ！　お前いい加減にしろ」

「頼むから馬車に戻ってくれ。村に向かうから」

マテウスさんとフィリップ伯父さんがジーノを止めようとするが、彼は言うことを聞かない。

「えー、いいじゃん！　フィリップがいれば護衛は十分でしょ？　ライルやシリウスの戦ってるところも見てみたいし」

急いで追わなければいけないのに、ごちゃごちゃ言うので俺はついキレてしまった。

「軍務卿、それは王太子殿下(でんか)を守ることより大切ですか？　あなたはなんのために大事な軍務を人に任せてここにいらっしゃったんですか？」

怒気を孕んだ俺の声にジーノさんはうろたえた。

「【召喚(サモン)】ギンジ、ロウガ、ユキ」

俺は特に人に慣れている三匹を召喚した。

「ヴェルデと一緒に王家の護衛を頼む。シリウスは僕と一緒に来ながら、他の銀狼たちに森の街道の警備強化を指示して」

みんな俺の言葉に従ってくれた。

「先ほどは大変失礼いたしました。不敬の処罰があれば後ほど受けますが、今は時間がないので」

俺はそれだけジーノさんに伝えて、ゴブリンの魔力が飛んでいった方向へと向かった。

やってしまった。完全に言いすぎた。

いくらおじいちゃんの立場があるとはいえ、相手は王子だ。問題になってもおかしくない。

「ライル、気にするな。大丈夫だと思うが、万が一の時には俺たちはお前の味方につく。大した力にはなれないかもしれんがな」

「ええ、さすがに今回のジーノの行動は自覚がなさすぎたわ」

「ジーノ様の奔放さは魅力でもあるけど……その言動一つで国は傾くからね……」

「魔物の俺でもライル様が正しいってわかったぜ」

『ライル、気にしないでね。何かあったら僕がジーノを倒すから』

アスラ、パメラ、クラリスたち『鋼鉄の牛車』、シリウス、アモンが俺を慰めてくれた。

「みんなありがとう。ひとまず、ゴブリンキングをやっつけないとですね」

途中、何度かゴブリンに遭遇したあと、俺たちが辿り着いたのは大きな岩山だった。入り口を塞いで偽装しているが、中が空洞になっているのは気配でわかる。アモンとシリウスいわく、臭いも偽装されていて、ゴブリン特有のドブのような臭いがしないそうだ。

「予想以上の数の気配がします。二百じゃきかないですね」

「そんな規模になるまでゴブリンが隠れ続けられるなんて……」

俺の言葉を聞いたクラリスが驚くのは無理もない。キングが率いていたとしても、五十いればゴブリンの群れとしては多い方なのだ。

「上位種もそれなりにいるでしょうね。私たちなら個々の撃破は問題ないでしょうけど、散り散りに逃げられたらまずいわ」

「これだけの偽装をしているくらいだ。入り口も一ヵ所ではないだろうしな」

パメラとアスラも深刻そうな表情を浮かべている。俺たちが何か上手い手段はないかと考えていると、有能執事のヴェルデから【念話】が飛んできた。

『ライル様。こちらは村に到着しました。よろしければ私をお使いください』

そうか、ヴェルデの力なら……俺はヴェルデを【召喚】で呼び出す。

「ヴェルデ。頼んだ」

「かしこまりました」

執事は恭しく頭を下げると、自らの体から新緑の光を放った。

その光は岩山の周囲に生えている木々に降り注ぐ。

「一体何をしているの？」

パメラが不思議そうに呟く。そういえば彼女たちにヴェルデの力を見せるのは初めてだった。

ヴェルデはその答えを口には出さず、少し離れたところを飛ぶ蝶を指さした。植物に卵を産みつけ病気にする害虫だ。

みんなの視線がそこに集まったその時——近くの木の枝が、急にムチのようにしなりその蝶を叩き落とした。

ヴェルデのユニークスキル【系譜の管理者】は、【新緑の管理者】というスキルを自ら進化させたもので、植物を操作する大樹の精霊にふさわしい力を持っているそうだ。

操作できる植物はヴェルデのかつての本体であった大樹の近縁種でないといけなかったり、その植物の特性によってできることが限られたりと条件や制限があるものの、岩山から逃げ出るゴブリンを足止めするにはかなり有効な手段である。

「さすがライルの従魔というわけか」

アスラのその褒め言葉に、ヴェルデは胸に手を当てて一礼し応えた。

「さて、相手もさすがに俺たちに気付いたようだ。来るぞ」

アスラが呟いた次の瞬間、塞がれていた岩の入り口が外側にバタンと倒れ、中から次々とゴブリンが出てきた。キングに統率されているからか、ゴブリンたちはやみくもに襲いかかってくるのではなく、連携を取って攻撃してくる。

「アスラさん！　これ新作です！」

クラリスが薬瓶を宙に投げると、その瓶は空中で割れ、中身がアスラにかかった。すると入り口から出てくるゴブリンの多くが、目の色を変えてアスラに向かい始めた。これにより陣形が少しずつ乱れる。

「雄ゴブリンが興奮する成分を中心に、いろいろミックスしてみました。ヴェルデさんにばかりお仕事させるわけにはいきませんから」

「あらアスラ、良かったじゃない。モテモテよ」

「ゴブリンにモテたって嬉しかねぇよ！」

パメラとアスラが軽口を叩いている。これほどの大軍を前にしてもこの余裕。さすがはAランク冒険者だ。

『鋼鉄牛』の二つ名を持つアスラが前衛で大斧を振り回す。モーションが大きいため、隙が生まれるが、皮膚を硬くする【硬質化】スキルで、攻撃を受け止めている。手入れされていないゴブリンの武器程度では傷一つつかない。

そして後衛から火魔法を放つのは『紅蓮の砲台』パメラ。彼女の火魔法は気持ちいいほどシンプルかつ強力だ。火球を放つ【フレイムボール】の連射、炎の竜巻を起こす【フレイムトルネード】、着弾点で爆発する【イグニッション】。この三つの攻撃を軸に、ゴブリンたちを次々と焼き尽くしていく。

まるで鋼鉄牛が紅蓮の砲台を引くような、二人の超攻撃的なスタイルが『鋼鉄の牛車』の名の由来なのだ。

だがこのパーティーの要は『持たざる御者』の二つ名を冠するクラリスである。

彼女は多彩な魔道具を駆使して、サポートと回復をこなす。タンク役であるアスラのダメージ管理をしつつ、パメラの攻撃の直線的な軌道を重力操作の魔道具で変化させ、設置式のトラップや時限式の魔道具で相手を翻弄し完全に場を支配していた。そんな彼女に対するアスラとパメラの信頼は絶大のようで、彼女から指示が出れば、二人はなんの躊躇もなくそれを実行する。

この規模の群れになると、ゴブリンでも小さな町くらいは簡単に滅ぼしてしまえそうだが、ただ倒すだけなら、この三人にかかればなんの問題もなかった。

下手に俺が出ても連携を乱すだけなので、入り口はアスラたちに任せることにした。

アモンには【清光の透徹】を使って岩山の内部から相手をかく乱してもらい、俺はシリウスと共に岩山の周囲を調べることにした。するとやはりと言うべきか、さっきの入り口とは別に、屈めば入れるくらいの穴を発見した。そこから逃げ出てくるゴブリンはいなかったが、塞がれていない穴からはゴブリン特有の強烈な臭いと共に、ゴブリンのものと思しき断末魔の声が小さく漏れ聞こえてきた。

シリウスを連れて中に入ると、そこには大量のゴブリンの死体と、それを食らう三匹の大型のゴブリンがいた。

【共食い】――一部の魔物が持つ、同族を食すことで強くなるスキルだ。

実は戦い始めて少しして、洞窟の中から感じる【運行者】らしき魔力の流れが荒々しくなった。統率しているキングが冷静さを失ったのだろう。上位種を少しでも強くするために、逃げようとする雑魚を食わせたのではないかと思う。

三匹のゴブリンは俺たちに気付くと、口を大きく開けて笑みを見せた。その理由は明らかに、俺たちを餌と認識したからだ。

「ライル様、ここは先に行くぜ」

【人化】状態のシリウスが先陣を切って、腰の双剣を抜き、一番手前にいたゴブリンに接近する。相手は応戦するため、同胞の骸の中から大きな盾を取りあげて、防御姿勢を取った。残り二匹のうち一匹はモーニングスターを、もう一体は杖を構えた。一応上位種だけあって、キングの指示がなくとも、前衛と後衛くらいは理解しているらしい。リーチの短い双剣の攻撃を盾で防いで、その間に後方から狙おうという算段なのだろう。

だが相手の攻撃はシリウスにはなかなか当たらない。それどころか、タンク役のゴブリンは防御すら追いつかず困惑している。シリウスが強いのはもちろんだが、彼の攻撃の肝(きも)はスピードである。

ユニークスキル【変速世界(インセインワールド)】——相手の思考速度を五倍から二分の一倍の間でランダムにコロコロと切り替える力だ。効果時間は短いが、これによって相手にはシリウスの動きが不規則に見える。

ここでさらにシリウスは【エアリアルダンス】を発動する。これは風魔法によって自身の速度を上げ、空中を回転しながら乱舞(らんぶ)する、魔法と剣技の合わせ技だ。

そうやってシリウスがタンク役のゴブリンを引きつけている間、俺はバルカンが作ってくれたミスリル製の剣を構えて、杖を持ったゴブリンの魔法使い——ゴブリンメイジと対峙する。案の上、こっちが子どもだと見くびって、大笑いしている。

俺が柄(つか)に魔力を込めると、剣身が炎を纏った。この剣にはアーデが魔力を固定する術式を付与しているので、剣が常になんらかの魔力を纏った状態を保てる。

それを見てもまだこちらを舐めているのか、ゴブリンメイジは魔法を使わず、杖で直接殴(なぐ)りかかってきた。

俺は相手よりずっと小柄な自分の体格を活かして、杖の打撃をかわし、そのまま相手の懐(ふところ)を剣で貫いた。予想外にすばしっこい俺の動きに驚いているようだが、もう遅い。剣を包む炎はあっという間に傷口から全身に燃え広がり、ゴブリンメイジを消し炭へと変えていった。

同胞が屠られるのを見て、やっと俺を脅威と認識した最後の一匹は、棘のついた大きな鉄球を思いっきり振り下ろしてきた。俺はなんとかそれを避けて、先ほどのように懐を狙うが、相手は柄の部分や、蹴りなどを巧みに使いそれを許さない。

その時だった。洞窟の奥から凄まじい断末魔の叫びが聞こえた。

『一番おっきいやつ倒したよ！』

アモンからの【念話】だ。奥にいたゴブリンキングを撃破したらしい。

すると俺の目の前にいるゴブリンの魔力量が上がったのがわかった。群れの中で、キングが継承されたのだ。

ゴブリンキングは種族ではない。シリウスの『銀狼の長』と同じように、一定条件を満たした群れのトップに与えられる称号である。その称号によりもたらされるのは、【運行者】スキルとステータスの上昇だ。

みなぎる力を感じ、歓喜の笑みを浮かべる新たなキング。もう目の前の子ども程度相手ではないと思ったのだろう。しかし――

「【アイスコフィン】」

俺がそう唱えると、キングは気味の悪い笑顔のまま氷の棺に閉じ込められた。

「あれ？　ライル様はてっきり剣術で倒すつもりなのかと思ってた」

タンク役のゴブリンを倒したシリウスが、意外そうな声で言った。

「さすがにこのレベルの相手に、俺の剣術は通用しないよ。まだまだ残党もいるし、遊んでる場合じゃないから、魔法でさっさと仕留めた」

その後俺は大量のゴブリンの骸に火を放ち、外に出て穴を塞いだ。

【召喚（サモン）】で呼び戻したアモンはゴブリンの返り血やらなんやらがついて、すごく悲しそうだ。

『臭いよー……洗ってー』

「あとでちゃんと洗ってあげるから」

俺はひとまず水魔法でざっと汚（よご）れを落としてやる。

「大丈夫だった？　ゴブリンにしては頭のいい個体だったんじゃないか？」

俺が尋ねると、アモンは首を横に振る。

『そんなことなかったよ。ただの力の強い大きいゴブリンって感じだった。攻撃も単調だったし』

「そうか」

アモンの言葉に若干の違和感を覚えた。その程度の個体に、これだけの群れを作ることができるとは思えないからだ。

『ライル様、他に穴はなさそうだ』

他の場所を確認してくれていたシリウスからの連絡だ。

「了解。アスラたちのところに戻ろう。またキングが生まれてるかもしれないし」

『承知した』

『うん。そうだね』

そうして俺たちは最初の入り口に戻った。

ずっと戦っているアスラたちと交代しようと思ったが、アスラは「子どもに戦わせて休憩できるかよ」と言って代わろうとはしなかった。まぁそれもそうかと思い、あとの処理は彼らに任せて、俺は後ろでアモンをしっかり洗ってあげた。

ゴブリンが全滅（ぜんめつ）する頃には、アモンはブラッシングまで終わり、いつものきれいな毛並みに戻って満足げだった。

結局、俺が戦ったゴブリンメイジの他にキングが生まれることはなかったようだ。条件を満たす強力な個体がいなかったのだろう。

無事にゴブリンの大軍という脅威を排除（はいじょ）し、俺たちは森の民の村へと向かった。

村に戻ると、すぐにおじいちゃんの家の広間に行くように言われた。

ジーノさんにいろいろ言ってしまった件、どうなるんだろう……俺は不安を感じたが、一緒に来るように言われたアスラが大丈夫だと俺の頭を撫でてくれた。

広間に着くとおじいちゃん、フィリップ伯父さん、マテウスさん、ヒルダさんが待っていた。

何よりまず謝らなければと俺が頭を下げようとしたその時、マテウスさんが立ち上がり頭を下げた。

「ライルくん。今回は本当にすまなかった。我々王家の失態だ」

ヒルダさんも同じようにお辞儀している。王家の二人に頭を下げられた俺は慌てた。

「そんなやめてください！　僕も出過ぎたことを言ってしまいました」

「いや、むしろ感謝しなければならない。ジーノが君についていってしまっていたら、軍法会議にかけるしかなかったんだ。ジーノがしようとしたことはそれくらい重いことなんだよ」

「あなたが言ったことは私たちが言わなければいけないことだったの。それを子どもに言わせてしまった」

マテウスさんとヒルダさんは口々に自らの非を認めた。

「それ以前に、あんな愚行を働くまでジーノを放置してしまった王家の責任は重い。本当にすまなかった」

マテウスさんの言葉のあと、改めて二人は頭を下げてくる。

「とりあえず、みんな座りなさい」

おじいちゃんに声をかけられて、全員座る。

「アスラ、君がジーノに対して思ってることを正直に聞かせてくれないかい？　シャリアス殿を含め、俺たちはみんなジーノと距離が近すぎるんだ。どんな言葉があっても不敬になど決してしないから」

マテウスさんがアスラに聞いた。

「クラリスがジーノの魅力を奔放さだと言っていました。それは本当だと思います。それに誰もが認めるほど強い。だからジーノはみなから愛されます。でもそのせいで、結局何をやっても許されてきたんじゃないですか？」

マテウスさんは目を閉じて聞いている。

「あいつはヒューゴたちと冒険者をやっていた時も無茶苦茶でした。周りのことなどお構いなしで自分がしたいことをする。でも、みんな彼を本気で怒ったりはしませんでした。悪気がないのはわかってましたし、ジーノは底抜けに明るくていいやつですしね。もちろん王家の人間だから怒りにくかったというのはあるかもしれませんが……」

それはそうだろう。王家に物申すのは軽いことではない。俺だって覚悟した。

アスラが続ける。

「特にリナは文句を言いながらも、しっかりサポートしてました。リナがシャリアス様の娘で、昔からジーノの面倒を見てたと知って納得しましたけどね。そうやって、みんなジーノが何をしても『相変わらず馬鹿だ』『ジーノだから』と笑って流してました。俺もそうです。軍に入ってからもそれは変わらなかったんじゃないですか？」

「そうだね」

マテウスさんが小さく返事した。

「結局、俺たちはライルが怒るまで全員でジーノを甘やかしたんですよ。それがあいつらしいから、戦闘は強いから、悪いやつじゃないからと言い訳しながら放置したんです」

アスラは言い終えて小さく息を吐いた。

相当緊張したんだろう。俺の味方につくと言ったから無理をしたのかもしれない。

「僕からもいいかな？」

フィリップ伯父さんが手を挙げた。マテウスさんが頷いて促す。

「みんなさ、ちょっと最近好き勝手にやりすぎだよ。ライルのことは確かに国にとっても……きっと世界にとっても重要な課題だ。でもさ、国や森の問題はそれだけなの？　他のことを蔑ろにしていいと思ってるわけじゃないよね？　なのにライルを理由にしてやりたい放題やってない？　父さんも含めて」

重要な課題と言われるとドキッとするが、聖獣が絡んでる以上はそうなんだろう。

「今回もマテウス、ジーノ、ロッテと王位継承権のある者が三人も来たよね？　ライルが心配してたように、それだって本来はありえない。君たちに何かあったら、国の一大事だ。そういうことをしてしまうみんなの緩い空気が、ジーノをより甘やかしてると僕は思う」

伯父さんの強い言葉に沈黙が流れた。思えば伯父さんだけはジーノさんの言動に本気で嫌悪感（けんおかん）を持っている節があった。

ややあって、口を開いたのはマテウスさんだ。

「このことは陛下に報告し、王家で話し合いをします。その結果は必ずシャリアス殿、フィリップ殿にもお知らせいたしますので、持ち帰ってもよろしいでしょうか？」

マテウスさんは敬語で言った。非公式な場所だが、王太子としての言葉なのだろう。

「わかりました。王家のみなさんとの繋がりは森の民にとっても大切なものです。私たちも今一度、自分たちのあり方を熟考（じゅっこう）いたします」

おじいちゃんも森の民の長として正式に返答した。

「ごめんね。ライルの前でこんな話をして。退出させるタイミングを逃してしまったよ」

「僕はいいよ。ロッテはどうしてるの？」

おじいちゃんは謝ってくれたが、別に気にしていない。

それより、ロッテが一人で寂しいのではないかと心配になった。

僕の言葉を聞いたマテウスさんが、苦笑いしながら言う。

「ロッテはね、ライルくんが行ったあと、大泣きしてジーノに怒ったんだ。『おじ様が悪い。どうして私でもわかる王家の務めが理解できないの。もしライルを不敬罪にしたら許さない』ってね。もちろんジーノだってライルくんを不敬罪にするつもりなんてないんだけど、ロッテは人の話を聞ける状態じゃなくてね。結局村に着くまでずっと大騒ぎだったんだ。ジーノはとりあえず謹慎させて、ロッテはヴェルデとユキが見てくれてるよ」

俺が去り際にあんなことを言ってしまったせいで……ロッテに悪いことをしてしまった。

俺は【念話】でヴェルデに呼びかける。

『ヴェルデ、ロッテの様子は？』

『疲れたのでしょう。ユキに寄り添って眠っております』

落ち着いたなら良かった。あとで謝っておかないとな。

「ジーノは明後日のパーティーには出席させないといけないよね？」

おじいちゃんが尋ねると、マテウスさんが頷く。

「できれば。ジーノが来ることは他の出席者も知ってるから」

「わかった。とりあえずは目の前の洗礼の儀とパーティーに集中しよう。でないと今年洗礼を受ける子どもたちがかわいそうだ」

おじいちゃんが気持ちを切り替えるようみんなに促して、その場は解散となった。

◆

翌日――

俺はアモンとユキを連れてロッテのところに向かった。

今日は洗礼の儀だが、俺は特にすることはないし、ロッテとゆっくりしようと思ったのだ。

部屋をノックすると、ヒルダさんとロッテが出てきた。

「ロッテ、おはよう。昨日は心配かけてごめんね」

「なんでライルが謝るのよ。おじ様が愚かだからいけないの。それを言うために来てくれたの？」

ロッテは頬を膨らませて言った。でも、今日はそのためだけに来たのではない。

「昨日はあんまり話せなかったし、今日はロッテといようと思って」

「本当⁉　じゃあ剣の相手をしてよ！」

ロッテから、俺が思っていたのと違う答えが返ってきた。

「な、なんで？」

「だってライルってすごい強いでしょ？　強い人と練習した方が強くなれるじゃない」

「確かにそうだけど……ヒルダさん、いいんですか？」

念のためヒルダさんに確認すると、彼女は笑顔で頷く。

「いいわよ。ロッテは体を動かしてる方が性に合うみたい。本当は普通にデートしてほしいけど」

「お、お母様！」

ヒルダさんの冗談にロッテが顔を赤くした。六歳でもデートとか言われると照れるものなのだろうか？　俺は大人の対応で聞き流し、ロッテに提案する。

「剣を振るなら森の方に行こうか。あそこなら周りから見えないし。他の貴族に見られない方がいいだろう？」

「そうね。その方が楽だわ」

王族は何かと外聞を気にしなくてはいけないから大変だ。

俺たちは練習用の武器を借りて森に行った。ロッテが持っているのはレイピアだ。なんだかお姫様っぽい。準備をしてロッテと向き合うと、彼女が告げる。

「一つお願いがあるの」

「何？」

「最初は私が諦めるまで手加減しないで。勝てないのはわかってるから」

ロッテの目は真剣そのものだった。

「わかった」

それから俺はロッテをことごとく負かした。レイピア相手に模擬戦をしたのは初めてだが、ほとんど瞬殺（しゅんさつ）だった。だがロッテはなかなか諦めなかった。

少なくとも五十本はやり続けたかという頃――

「ありがとう。もういいわ」

ロッテはそう言って、レイピアを収めた。

「ロッテって根性あるんだね」

「まぁね。でも、最後までちゃんと負けさせてもらえたのって初めてだから」

「どういうこと？」

「言ってたでしょ？　騎士団のみんなは本気ではやってくれない。最後は私を勝たせてくれるの。子ども相手に騎士団が負けるわけないのにね」

大人が子どもに手加減するのは当たり前なんだと思う。姫様に怪我をさせるわけにもいかない。ただ、子どもは手加減されていると知ると傷つくものだ。

「私だって、みんなが子ども相手に本気にならないのは仕方ないってわかってるのよ。でもライルは違ったわ。Ａランクの冒険者を率いてゴブリンキングを倒した。ちゃんと強いし、しっかりしたことが言えるからみんなが対等に接してくれる。だから私も強くなきゃって思ったの」

まあ、俺の場合は中身が大人だからな……そんなことを言ってもらえるほど褒められることではない。

「さ、ちょっと休憩しましょう！　ユキ、アモンおいで！」

そう言って腰を下ろすロッテに、二匹が寄り添った。

「早くライルも来てよ。このあとは、剣を教えてね！」

結局、俺たちは一日中剣の練習をしてへとへとになりながら家に帰ったのだった。

◆

その次の日のパーティーはなんてことなかった。

最初は憂鬱（ゆううつ）だったが、いざ始まってしまえば大抵のことは「いえいえ」「ありがとうございます」「ぜひ機会があれば」と答えていれば済んだし、対応に困るような人はおじいちゃんが間に入ってくれた。

去年はパニックで固まっていたけど、今年は覚悟していた分まともに対応できた気がする。

そしてさらにその翌日――俺たちは森の民の村を出発する王家のみんなをアイガンまで送った。

「ちゃんと話はできたか？」

俺がシリウスに聞くと、彼は頷く。

「あぁ。ライル様のおかげだ。ありがとう」

実はパーティーの前にマテウスさんがジーノさんを連れてきて、彼のパーティーへの参加を許可してほしいと頼まれた。もちろん俺は気にしていないので快く頷いたけれど、一つお願いをした。

そのお願いとは、シリウスとジーノさんが二人で話す時間を作ってほしいというものだ。村に着いてからジーノさんは謹慎を言い渡されてしまったので、ゆっくり話す時間がなかったシリウスは少し寂しそうだったからな。

「どんな話をしたんだ？」

「思い出話とかいろいろだ。あとは、お前は俺とは比べ物にならないくらいデカい群れのリーダーなんだから、せめて俺よりは賢くなれよって言ってやったぜ」

「シリウスらしいな」

そんなことを話しているうちに王家の馬車が見えなくなり、俺たちは修業の毎日に戻ったのだった。

◆

それから数ヵ月ほど経ったある日——

「ん？　この感じはもしかして？」

いつも通り修業のため森の民の村で剣を振っていた俺は、違和感を覚えて空を見上げた。

すると「お久しぶりね」という声と共に、ファンちゃんが姿を現した。

『ライル！　アモン！』

『ノクスだ！　ノクスだよ！』

ファンちゃんの後ろから出てきたノクスにアモンは大興奮だ。

俺はノクスに尋ねる。

『もしかして修業が終わったのか？』

『うん！　頑張ったよ』

「本当に頑張っていたわ。予定よりだいぶ早く終わったもの」

ファンちゃんに褒められてノクスはドヤ顔だ。

『帰ってくるなら教えてくれたらよかったのに』

『みんなを驚かせたかったんだよ』

『じゃあドッキリ大成功だな。俺も驚いたよ』

『へへへ。他のみんなは？』

『今、シオウとアサギとシリウスは向こうで修業してるよ』

俺とノクスが久しぶりの再会を喜んでいると、ファンちゃんが言う。

「ねぇノクス？　あなたせっかくスキルを習得したのだから直接話したら？」

『それは家に帰ってからのお楽しみなの。リナとヒューゴはどんな顔するかなぁ？』

ノクスはサプライズ好きなのかもしれない。ノクスの言葉を聞いたファンちゃんは笑って答える。

「そうなのね。じゃあ私は帰るわ。シャリアスによろしく伝えておいて」

「会っていかないんですか？」

「いいわ。特に用事もないし。必要な時はまた来るから」

なんだかドライだな。

「ノクス、あなたに教えたのは基礎中の基礎だけ。あとは自分の特性に合わせて能力を応用するのよ」

ファンちゃんの助言に、ノクスは元気よく返事をする。

『うん。ファンちゃん、ありがとうございました』

「ええ。どういたしまして」

その後、ファンちゃんは颯爽（さっそう）と帰っていった。

修業が終わり家に帰ると、父さんも母さんもリビングでくつろいでいた。俺の後ろをついてきたノクスを見て笑みを浮かべる。

「あら！　ノクスちゃんじゃない！　修業は終わったの？」

「せっかく家が広くなったのに、いなくなったから寂しかったんだぞ」

母さんと父さんが口々に言うと、ノクスが直接答える。

「僕もみんなに会いたかったよ」

「これからはみんな一緒だから嬉しいね」

ノクスに続いて、アモンも声に出して言った。

「あぁ、アモンの言う通りだ。ノクスは少したくましくな……」

そこで父さんが言葉を止めたので、母さんが不思議そうに尋ねる。

「どうしたの？」

「だってリナ……こいつら喋ってないか？」

「えっ……そういえば……」

二人はノクスとアモンを交互に見た。

「気付くの遅いよー！　これが修業の成果だよ」

「修業で話せるようになったのか？」

「アモンちゃんも喋れるの？」

種明かしをしたノクスとアモンに、父さんと母さんが驚いた表情を浮かべている。

すると――

「ねぇねぇ、私たちにも気付いてほしいんだけど」

アモンの陰に隠れていた水色の髪の女の子が顔を出した。隣には金髪の男の子がいる。

「あら、ごめんなさい。ビックリしてしまって……お客さん？　ライルのお友達かしら？」

母さんが尋ねると、水色髪の女の子と金髪の男の子が名乗る。

「うふふ。私はアサギだよ」

「俺はシオウだ」

「「……」」

父さんと母さんは完全に処理しきれなくなっている。

そう、アモンは風魔法の応用で、ノクスは幻惑魔法を覚えて直接話せるようになり、シオウとアサギはついに【人化】を習得したのだ。

実はアモンは半年以上前から、シオウとアサギは一ヵ月くらい前に、この能力を習得していたけど、ノクスが帰ってくるまでは話さないで待っていた。

俺は父さんと母さんに告げる。

「みんなね、父さんや母さんとずっと話がしたかったんだ。だから頑張って習得したんだよ」

「そうだったの……私もお喋りできるようになって嬉しいわ」

「そうだな。言葉がわからなくても大事な家族だと思っていたが、やっぱりちゃんと話せると嬉しいな」

母さんは目に涙を浮かべてみんなを抱きしめ、父さんは順番にみんなの頭を撫でた。

その夜はとにかくみんなで話をしまくった。

シオウとアサギは話し疲れて途中で寝てしまったほどだ。

修業は大変だけどなんか平和だな。こういう平和がいつまでも続けば、それが一番幸せなんだろう。

◆

それから数日後——

「ライル様、おみごとです」

ついに俺は森の民の戦士たちから一本を取った。

「こんなに早く修業を終えられてしまうなんて、最初は思ってもいませんでした。ライル様が七歳になるまでは粘りたかったのですが、私たちの力不足です」

「ライル様の実力は個人戦において私たちと同等か、それ以上です。もうお教えできることはありません。本日をもって修業を終了いたします」

俺は修業を担当してくれた森の民の戦士二人にお礼を言う。

これにて、俺の修業が全て終わった。

◆

次の日から、俺はアモンとノクスを連れて森の警備をするようになった。

シリウス、アサギ、シオウは【人化】した状態での戦闘の修業を続けている。

俺が警備から戻り、おじいちゃんとフィリップ伯父さんと話していると、急に銀狼のギンジから【念話】が飛んできた。

『ライル様！　かなり強い魔物と遭遇しています。俺たちだけではマズ……っうぐ！』

『どうしたギンジ！　おい！』

『ロウガです！　ギンジは相手の攻撃を避けきれず倒れてしまいました。かすっただけに見えましたが、どうやら毒があるようです』

同じ銀狼のロウガが報告してきた。【感覚共有】を用いて俺はすぐロウガと視界を共有する。

目の前にはライオンとヤギが合わさったような頭、鱗のついた足、サソリのような尻尾を持つ魔物がいた。

「マンティコアか！」

足元に倒れているギンジをマンティコアが前足で蹴り飛ばそうとしている。

「【召喚(サモン)】ギンジ！」

俺は意識を失っているギンジを無理やり召喚した。

「一体何があったんだ？」

突然俺が召喚したうえに、呼び出されたギンジが倒れているので、おじいちゃんたちが驚いている。でも説明よりギンジの手当てが先だ。麻痺毒(まひどく)でやられているが、この段階なら……

「【エクストラヒール】！」

とりあえず回復魔法をかけてから、俺は【念話】でロウガに尋ねる。

『ロウガは無事か？』

『なんとか逃げてますが、トレックに近い場所なんです。下手すると村に向かってしまいます』

『聖獣の祠の方に誘導することはできるか？』

『できます。おそらく十分ほどで着くかと』

『わかった。俺はエレインの力で移動して迎え撃つ』

俺が指示を出し終えると、おじいちゃんが聞いてくる。

「ライル、説明してくれ」

「マンティコアが出た」

「なんだって⁉　軍が動くようなレベルの魔物じゃないか？　まさか混沌の森から……」

「ごめん、時間がないんだ。今から聖獣の祠に向かう」

俺の言葉を聞いたおじいちゃんが首を横に振る。

「ダメだ！　いくらライルが強くても一人では危ない。すぐに戦士を集めるから」

「それじゃあ間に合わない。トレックのそばなんだ。父さんが村にいればいいけど、狩りに行ってるかもしれない。母さんや他の村民だけじゃ対処できない！」

母さんは強いらしいが、おそらくサポートメインだ。しかもマンティコアは魔法耐性が高いから、魔法中心に戦うであろう母さんではキツい。

「僕しか対応できる人間がいないよ。だから行かせて！」

「でも何かあったら――」

「父さん！」

俺を引き止めようとするおじいちゃんを、フィリップ伯父さんが呼んだ。

「父さん、なんのためにライルにこの森で修業をさせたんだよ？　いつかこういう時が来るってわかっていたからだろ？」

「でもライルは……ライルは……」

なおも決めかねているおじいちゃんを横目に、伯父さんが聞いてくる。

「ライル、生きて戻ってこられるかい？　そうはっきり言ってもらわないと、僕らは君を送り出せない」

伯父さんは冷静な表情を浮かべているが、その手が震えているのが見えた。

「生きて帰ってくるよ。それに僕は一人じゃない。アモンもノクスもみんなもいる」

「なら行ってきなさい、ライル」

「ライル……すまない」

おじいちゃんが謝ることなんかないのに。俺はそう思いながら、走り出した。

俺は神殿へ急ぎ、祠に転移した。マンティコアを迎え撃つのは俺、アモン、ノクス、シリウス、エレイン、ヴェルデだ。

『バルカンとアーデは念のため村で待機してほしい。父さんと母さんがいたら話を伝えてくれ』

『承知した』

『わかったぜ』

そう言って、二人は村に向かった。父さんたちが来てくれれば助かるが、村からここまでは急いでも十五分はかかる。マンティコアを誘導しているロウガが、すぐそこまで来ているのはわかっていた。ロウガから【念話】が入る。

『ライル様！　まもなく到着します』

「了解。絶対に村には行かせないし、誰も死なせないからな！　行くぞ！」

森の奥からロウガが走ってきた。

その後ろには、体長五メートルほどのマンティコアが木々をなぎ倒しながらついてきている。

最初に飛び出したのはノクスとシリウスだ。

ノクスが使うのは幻惑魔法【ミスアライメント】。これは相手から見えるものの位置や平衡感覚を少しだけずらす魔法だ。

これに相手の体感速度を変えられるシリウスの【変速世界】が加わると、相手はこちらの位置や速度を正確に把握できなくなり、上手く攻撃できなくなる。

マンティコアは力と俊敏さを兼ね備えているうえに、多彩な技を持つ魔物だ。体当たりやひっかきなどの物理攻撃に加え、口から火球を吐いたり、角から雷を放ったりする。

中でも厄介なのは自在に動く長い尻尾だ。先端には強力な麻痺毒があり、他の攻撃にばかり気を取られていると、死角から尻尾で狙われて、かすっただけで動けなくなる。

だがここでも大活躍なのはノクスだ。ノクスは常に尻尾を意識し、透明なバリアを張るユニークスキル【拒絶の鏡】で尻尾による攻撃を弾き続けていた。そのおかげで、アモンとシリウスは尻尾を気にせずに立ち回ることができている。

マンティコアの皮膚は魔法耐性が高いため、俺は弓を使い曲射で背中を、アモンとシリウスは足元を狙い地道にダメージを与えていく。

エレインも水魔法による攻撃ではなく、水精霊魔法を使ったサポートに回る。

魔法と精霊魔法の違いはその原理にある。魔法は魔力を用いて自然の気へ干渉するが、精霊魔法は自然界に存在する小精霊と交信し、行使する魔法だ。もたらされる効果にも違いはいろいろあるのだが、その一つが祝福。前世のゲーム的に言えばバフである。

水精霊魔法【清き羽衣】により俺たちの火耐性を上げ、同じく水精霊魔法【至純の雫】で生命力を活性化し、疲労を軽減する。

さらにヴェルデが木々の根を操ってマンティコアの足元を崩したり、土魔法【ロックブラスト】で石礫を角に当て雷攻撃を散らしたりして、サポートしてくれていた。

こうした連携のおかげで、俺たちは確実にマンティコアを追い詰めていた。しかし、マンティコアにも疲労が見え始め、このままいけばもう少しで、と思っていたところで俺は【魔天眼】を通して異変に気付いた。

マンティコアの全身に瘴気が巡り始めたのだ。それはまるでマンティコアが瘴気に乗っ取られていくようだった。

瘴気が体内の魔力と置き換わると、マンティコアは大きな雄叫びを上げた。

全身が紫色に染まり、目が真っ赤に光っている。

その瞬間からマンティコアの動きが明らかに変わった。ノクスとシリウスの能力を使っても、俺たちに的確に狙いを定めて攻撃してくる。

しかも一発一発がだんだんと重くなってきた。これは――

「みんな気を付けろ。【狂化】してるぞ！　これじゃあ思考速度の変化も効かないし、幻惑魔法も効果が低い」

「しかもなんかすごく硬くなってるよ」

「あぁ、さっきまで通った攻撃が全然通らない」

アモンとシリウスは攻撃を続けながらも、マンティコアの異変を教えてくれた。

【狂化】は理性によるタガを外すスキルで、発動するとリミッターがはずれ、攻撃力が増す。さらに本能による知覚が優先されるため、幻惑魔法なども効きづらくなる。ただ、アモンとシリウスの言うような防御力が上がるなんて効果は聞いたことがない。

何か打開策を考えなければ……そう思った時――

「アモン、危ない！」

マンティコアが体を回転させて尻尾でアモンを攻撃してきた。

いち早く気付いたノクスがバリアを展開したが、アモンはバリアごと吹き飛ばされる。

「アモン！　くっ……【ハイヒール】！」

俺はアモンを回復させて、マンティコアを弓で牽制する。

だがマンティコアの全身が硬くなったせいで、矢が弾かれるようになった。俺も剣で戦うか……いやダメだ。相手の的が増えればノクスの負担が増える。

まだ戦い始めて五分も経っていないが、マンティコアの余力がわからない。キツいけど消耗戦しかないのか……その時、ヴェルデが叫んだ。

「ライル様！　アモン様、ノクス、シリウスにライル様の魔力を思いきり注いでください。それで一気に片付きます」

急な提案だったが、俺はヴェルデを信頼し迷わず魔力を三匹に送ると、アモンとノクスとシリウスの体が光り始めた。

「これすごい！　行ける気がする！」

「僕もー！」

「力が漲ってきたぜ！」

次の瞬間、シリウスが消えた。いや、正確には消えたと錯覚するほどに加速した。

シリウスは一瞬でマンティコアの背後に回り込み、凄まじいスピードで尻尾を切りつける。先ほどまではほとんどダメージが通らなかったが、関節に的確に狙いを定めて猛撃し、ついにはマンティコアの尻尾を切断した。

マンティコアは絶叫(ぜっきょう)しながらなおも暴(あば)れ、口から三つの火球をでたらめな方向に吐き出した。

「やめてよ！　森が燃えちゃうよ！」

そう言って飛び出したノクスは【拒絶の鏡】で火球を防ぐ。

……いや違う。火球がバリアに吸収されている？

しかし驚いたのはここからだ。吸い込まれた火球が紫に色を変え、バリアからマンティコアに向かって放たれた。その紫の炎は魔法耐性が高いはずのマンティコアの体にまとわりつき、マンティコアは苦しみ出す。これは一体……

「進化したのです。彼らをよく見てください」

ヴェルデにそう言われてシリウスを【魔天眼】で見ると、魔力の量が増えているのがわかった。

ノクスは見た目が明らかに変わっている。頭や体には全身の色よりも薄い紫の羽毛がついていて、羽も紫と黒のツートーンになっていた。

「変わったのはそれだけではありません。シリウスの【変速世界(インセインワールド)】は【加速世界(アクセレーションワールド)】となり、数秒間、自身の時間を加速できるようになりました。そしてノクスの【拒絶の鏡】は【拒絶の魔鏡(まきょう)】に進化。これには相手攻撃を取り込み、自身の幻惑魔法に変換する力があります。マンティコアはダメージが少ないはずの炎に焼かれていると幻惑に囚(とら)われているのです」

簡単に言うが、今のマンティコアは【狂化】して幻惑に対する耐性も上がっているはずだ。つまりノクスは、マンティコアの幻惑耐性をはるかに凌駕するほどの力を手に入れたことになる。

驚いている俺に構うことなく、ヴェルデが続ける。

「ですが、一番素晴らしいのはやはりアモン様です！」

「ワォーーーーーーーン！」

それは広大な聖獣の森の隅々まで響き渡るような遠吠えだった。

赤柴カラーだったアモンの全身の毛色が輝くような白一色へと変わっていく。さらに、首の周りに青や緑に揺らめくオーラのような光を纏っている。その雄々しくも神々しい姿は、まさに聖獣と呼ぶにふさわしい。

「【聖霊化】――アモン様が新しく取得したスキルであり、聖獣様としての真なる姿です。瘴気への耐性が大幅に上昇し、聖獣の森においては精霊たちの祝福により各種能力、耐性が上昇します」

ヴェルデがそう解説した。

精霊たちの祝福……それは俺が肌で感じられるほどの力だった。湖が、草木が、大地が、風が、陽の光が、森の全てが色めき立っている。

その時だった。マンティコアの全身から大量の瘴気が噴き出し、竜巻のように天に向かって渦巻いた。アモンがゆっくりと前に出る。

「アモン待って！」

俺は思わず呼び止めると、アモンはこちらを振り返って言う。

「今の僕なら大丈夫だよ」

「でも……マーサおばあちゃんみたいになったら……」

大量の瘴気を一手に引き受けて命を落としたおばあちゃんのことが頭をよぎる。俺は手が震えていることに気付いた。するとヴェルデがアモンに言う。

「アモン様、あなたが瘴気を浄化する力は聖女であったマーサの【聖浄化】と同じ、体内に瘴気を取り込み自らの体を通して浄化するものです」

「うん、わかってる。体に負担がかかることはなんとなく理解できるよ。でも、ドラゴンゾンビほどの瘴気じゃないと思うし、大丈夫だよ」

「そうですね。私もアモン様なら心配ないと思います。ですが、その瘴気の渦に飛び込むあなたを思うライル様のお気持ちは理解できるはずです。だってあなたはライル様を追いかけてきたのでしょう？」

「それは……」

俯いたアモンに、ヴェルデが言葉を継ぐ。

「共に行けばいいのです。この森の精霊たちの祝福は、アモン様を通して、その主人たるライル様にも注がれているのですから」

俺はそこでやっと気付いた。自分の体もアモンと同じ光に包まれていることに。

「アモン。一緒に行こう」

「うん。そうだね」

俺はアモンの背に飛び乗った。

アモンは風魔法【テュポンロード】で風の道を作り、瘴気の渦を中心とした螺旋階段を上るように空へと駆け上がった。

瘴気の渦の上に到達した俺たちは、渦の中がどうなっているかを確認する。眼下には瘴気を吐き出すだけの悲しき獣が、苦悶の表情で叫んでいるのが見えた。

俺はバルカン特製のオリハルコンの矢を弓につがえる。オリハルコンは市場にほとんど出回らない希少金属で、バルカンもほんのわずかしか持っていないのに、従魔にしてくれた礼にとこの矢を作ってくれた。魔法との親和性が高いオリハルコンなら、俺の聖属性の魔力を込めることができる。

渾身の力で弓を引き、オリハルコンの矢に魔力を注ぐ。アモンの魔力も俺を通して矢に送られていく。同時に精霊たちの祝福により、矢の貫通力がアップし空気抵抗が軽減される。

魔力がたまった矢を放とうと思ったその時――

マンティコアがこちらを向いて瘴気に満ちた火球を連続で吐き出してきた。あんなになってもまだ抗うのか……。

俺は【思考加速】を発動し、考える。このまま放てば火球に矢の勢いを殺されマンティコアを倒せない。だが、火球を避けるため矢に込めた聖魔力を霧散させれば、再び発動するのに時間がかかり、瘴気が森に拡散してしまうかもしれない。なんとかならないか考えていると――

「そのまま行って！」

アモンのモフモフの毛並みの中から飛び出したノクスが【拒絶の魔鏡】を発動し、マンティコアとの間に幾重にもバリアを展開した。

「僕の力が拒絶するのは家族や仲間を傷つけるものだけだから！　そのまま矢を放って！」

あぁ、そうか。ノクスもこの場所を守るのに必死なんだ。

『父上ー、アモン、がんばれ！』

アサギとシオウの応援する声が【念話】を通して聞こえてくる。

「「ワオーーーーーン！」」

森中に響き渡る銀狼たちの遠吠え。

下を見ると、ヴェルデたちの周りにはいつの間にか、父さんや母さんまでいる。そばにいるバルカンとアーデが連れてきてくれたのだ。みんなは何も言わずにただ頷いていた。

スイも手指を組んで祈っている。

「ねぇ、ライル。僕この世界に来て良かったよ」

「あぁ、そうだなアモン」

俺は全神経を集中し、矢を放った。

ノクスのバリアは放たれた矢には全く干渉せず、マンティコアが吐き出した火球だけを吸収して消えた。そして矢は、天を向いたマンティコアの額の中心に突き刺さる。

矢に込められた魔力がマンティコアの内部に流れ込み、聖霊魔法とでも呼ぶべき俺とアモンだけの魔法が発動する。

【聖霊(せいれい)の箱庭(はこにわ)】。

マンティコアに刺さった矢を中心に光の柱が現れ、瘴気の渦を呑み込んだ。

光が消えたあとには、草花に覆われた巨大な獣の骸だけが残っていた。


俺たちが地面に下り立つと、父さんと母さんが駆け寄ってきた。

「ライル、また無茶して……」

「無茶を通り越して、無茶苦茶だな……本当に天使みたいに下りてきやがって」

母さんは目を真っ赤に腫(は)らし、父さんは呆れた声で言った。

「心配かけてごめんなさい」

俺が素直に頭を下げると、父さんが首を横に振る。

「謝らなくていい。お前が考えて選択したことだ」

「そうね……でも心配は絶対するのよ。それは忘れないで」

「うん。忘れないよ」

父さんと母さんは俺とアモンとノクスを抱きしめた。


父さんと母さんといったん別れ森の民の村に戻ると、みんなが神殿の外で待っていた。

マンティコアの毒にやられたギンジも、無事に目を覚ましたみたいだ。

「あぁ……ライル……良かった」

「ちゃんと約束を守ってくれたね」

おじいちゃんは言葉も絶え絶えに俺を抱きしめ、フィリップ伯父さんは俺の頭を撫でた。

おじいちゃんの家に移動してマンティコアとの戦闘について報告する。

「紫に染まって【狂化】か……」

「ライルがアモンたちを進化させた話もそうだけど、整理しなきゃいけない情報が多いね」

俺の話を一通り聞き終わったおじいちゃんとフィリップ伯父さんは、深刻な顔をしていた。

ややあって、おじいちゃんが告げる。

「ライルたちが見たマンティコアの【狂化】や瘴気による暴走については、今は説明できないんだ。ひとまず胸に秘めておいてほしい。ちゃんと話せるようになったら教えるよ」

「わかった」

きっとあれは普通じゃない何かだったのだろうな。それくらいは俺にも理解できる。

「リナたちには会ってから来たんだろう？　どんな様子だった？」

俺は母さんたちと会った時の話をそのまました。

「そうか……結局一番覚悟できてなかったのは僕だったんだねぇ……情けないや」

おじいちゃんはそう言って俯いた。僕はおじいちゃんに正直な気持ちを告げる。

「おじいちゃん。僕ね、アモンが自分だけで瘴気を浄化しようとした時、マーサおばあちゃんの話を思い出して手が震えたんだ。あんな怖い思いをみんなにさせていたってわかってなかった。ごめんね」

「いや、ヒューゴくんとリナの言う通りだ。ライルは謝る必要はない。ただ心配する人がいることだけ覚えていてくれればいい」

その言葉はおじいちゃんが自分自身に言い聞かせているように思えて、俺は胸が痛くなった。

◆

　それからの生活は平穏だった。俺は七歳になり、森の民の村では今年の洗礼の儀が目前に迫っていた。トレックの家のリビングで、母さんがご飯の支度をしながら言う。

「ライル、今年は私たちも洗礼の儀に行くわ。あなたと違って移動に日数がかかるから、明後日には出発するの。だから明後日からはおじいちゃんのところで寝泊まりさせてもらいなさい」

　すると、話を聞いていた去年の留守番組――アサギ、シオウが立ち上がった。

「ねぇねぇ、今年は私も行っていいよね？」

「俺も完璧に【人化】できるようになったぞ！」

　アサギとシオウは、ただの【人化】と違い魔物の特徴を残さず完全に人間の姿に変身できる【完全人化】を習得していた。

「うん、今年は一緒に行けるよ。パーティーに出るのは難しいみたいだけど、同じ食事を用意してもらえるように伯父さんにお願いしてあるから」

　俺がそう言うと、二人は飛び上がって喜んだ。

「やったぜ！　父上と一緒だ！」

「やっぱり一緒がいいよね」

シオウとアサギはアモンたちと一緒にはしゃいでいる。

その様子を眺めながら、俺は今年の洗礼の儀について考えていた。

マンティコアの事件以来、おじいちゃんと父さん、母さんは時々手紙のやり取りをしている。もちろん中身を盗み見ることはしていないが、今回はたぶん家族会議のために父さんたちも森の民の村に行くのだろう。洗礼の儀というタイミングから、国王が絡むことも予想できる。去年、次の洗礼の儀の際は国王が来ると王族の人たちが言っていたからな。

まあどんな話になるのかは見当もつかないので、今から考えても仕方ないのだけど……

このまま村でゆっくり暮らす、とはいかないんだろうな。

カムラたちは全然接触してこないが、会ったら絶対にこの状況を放置していることに文句を言ってやる。

◆

そして、洗礼の儀が終わった日の夜――

予想通り、俺の家族、王家、それからアスラたちが集まる話し合いの場が設けられた。

王家からは国王ハンス、マテウス王太子、レグルス副団長。

うちの家族はおじいちゃん、フィリップ伯父さん、父さん、母さん、俺。

さらに俺の従魔は、聖獣の祠を守るスイと数が多い銀狼以外の全員が参加するように言われた。

おじいちゃんが話を切り出す。

「まずはライルが倒したマンティコアの件からがいいね」

「その件、本当にライルと従魔だけで倒したのか？　そのマンティコアは【瘴魔化】していたと聞いている。疑っているわけではないが、信じられなくてだな……」

国王ハンスが難しい顔で言った。それにしても【瘴魔化】ってなんだろう？

「ヴェルデ。ハンスたちに当時の状況を説明してもらえるかい？」

「かしこまりました」

おじいちゃんに頼まれたヴェルデが状況を事細かに説明していく。話が進むにつれ、国王、マテウスさん、レグルスさんの顔はひきつっていった。

俺、ドン引きされてるな……

「わかった。聞きたいことは山ほどあるが、まずライルの具体的な強さを整理してもよいか？」

「ライル、ステータスボードを頼むよ」

国王とおじいちゃんにステータスボードの開示を促される。

この展開は覚悟してたけど、また引かれるよな……まあ仕方ないか。
俺が「ステータスオープン」と唱えると、画面が表示される。

名前：ライル
年齢：7歳
種族：ヒューマン（混血）
体力：35062
魔力：620480
ユニークスキル：【共生】
ファミリアスキル：【魔天眼】
共生スキル：【瘴気耐性】【魔法耐性】【水の加護】【魔力超回復】【思考加速】
【状態異常無効】【土の加護】【火の加護】【木漏れ日の癒し】
特殊スキル：【知識の種】【遠隔魔法】【高度察知】【並列魔法】
武器：【徒手S】【剣術A】【弓術S】
魔法：【従魔術SS】【水S】【風B】【土A】【火B】【聖SS】
従魔：アモン　ヴェルデ　エレイン　ノクス　シリウス　アーデ　バルカン

シオウ　アサギ　スイ　シルバーウルフズ（150匹）
称号：【聖獣の主人】【黒帯】【破邪の力】【命を繋げし者】【仙人】【弓聖】【水の賢者】【ドラゴンテイマー】【魔を統べる力】

「従魔抜きでも一対一で勝てる人間はそうはいないな。魔力量はわが国の宮廷魔導師より多い」

「むしろ魔法耐性の高いマンティコアは、ライルくんにとって相性が悪かったと言えるくらいだ。相性が良ければライルくんだけでSランクの魔物の討伐もできるかもしれないね」

「アモン様たちを含めれば、騎士団でも太刀打ちできるかどうか……」

国王、マテウスさん、レグルスさんが口々に言った。

「ライル、アモンたちが進化したって話だけど、それも見せてもらえるかい？」

おじいちゃんにそう言われて、俺は進化したアモン、ノクス、シリウスのステータスを見せる。

名前：アモン
種族：柴犬――高位聖霊
称号：【聖獣】【忠犬】【世界の壁を越える者】
ユニークスキル：【透徹の清光】【聖霊化】
特殊スキル：【縮小化】【瘴気耐性】【高度察知】

名前：ノクス
種族：ナイトメアアポストル
称号：【聖獣の弟】【古龍の弟子】
ユニークスキル：【拒絶の魔鏡】
特殊スキル：【遠隔魔法】【魔法耐性】【幻惑魔法】

名前：シリウス
種族：フェンリル
称号：【銀狼の長】
ユニークスキル：【加速世界（アクセレーションワールド）】
特殊スキル：【運行者（オペレーター）】【人化】

ノクスの種族名からはカーバンクルが消えた一方、アモンはいまだに柴犬がメインである。ヴェルデによると、これは種族に執着しないノクスと、柴犬であることにこだわりを持っているアモンの違いらしい。アモン自身が「そりゃ柴犬としての誇りがあるからね！」と言っているし、もしかしたら種を守ろうという気持ちがあるのかもしれない。残念ながらこの世界で柴犬の血統を守ることはまずできないが……

「確かに進化しておるな。これもライルの力によるものなのだな？」

国王の問いには、ヴェルデが答える。

「そうです。みなさまならご存じかもしれませんが、魔物の進化は条件を満たしたうえで、何かしらのきっかけがあった場合に起こります。ただ本来はこのきっかけが難しいのです」

「死を乗り越えたり、特定の種族を食らったりだよね？」

「そうです、ライル様。しかし私は、ライル様の【共生】の力があれば進化のきっかけを作り出すことができると考え、アモン様たちに魔力を注ぐよう進言したのです」

「どうしてそう思ったんだい？」

おじいちゃんがヴェルデに問う。

「私の経験からです。ご存じの通り、私は大樹の精霊です。ですが元は小さな樹に集まった小精霊たちです。それが長い年月をかけて一つになり、大樹と呼ばれるまでに成長し、本体がなくとも生きられるまでになりました。さてライル様、では私の中の何がそこまでの変化をもたらしたのだと思いますか？」

何がって……本体となる大樹……はもうないんだから……

「魂？」

俺が自信なさげに答えると、ヴェルデは満足そうに頷く。

「そうです。私は途方もない年月の中で魂そのものをゆっくりと成長させてきました。ですが、ライル様と従魔契約を結んだ時には、魂の急激（きゅうげき）な成長を実感しました。【共生】には私たち従魔が力を得るという効果がありますが、その力は魂そのものの成長によってもたらされています」

みな質問をすることなく、ヴェルデの講義に聞き入っている。

「さて、ここできっかけの話に戻ります。これはあくまで仮説ですが、死を乗り越えたり、特定の種族を食らったりというのは、おそらく急激に魂を成長させる要因なのではないかと考えました。そして進化とは、急激な魂の成長によってもたらされる事象（じしょう）なのではないでしょうか」

「つまりライルには魂を成長させ、従魔を進化させる力があるってことだね？」

おじいちゃんが念を押すように確認すると、ヴェルデは頷いた。

「……わかった。ありがとうヴェルデ」

一瞬、複雑そうな顔を見せたあとヴェルデにお礼を言って、おじいちゃんが本題を切り出す。

「さて、今後の話をしようか？　まずはライル、残念だけど森で教えられることはこれ以上ない」

「確かに修業は終わったけど、弓はおじいちゃんの方が上手いし、剣はお父さんに勝てないよ」

俺が不安を吐露すると、おじいちゃんは首を横に振る。

「弓と剣に関してはもう教えて上手になれるレベルじゃないよ。実戦を重ねるしかない。でも森では今以上の経験は難しい」

「それは森を出ないといけないってこと？」

おじいちゃんは質問には答えず、俺を見つめる。

父さんや母さんも同じような視線を送ってきていた。

「少し話が逸れるけど聞いてくれるかい？」

俺が頷くと、おじいちゃんが話し始める。

「この前倒したマンティコアが途中で紫色になって強くなったと言っていたよね？　それ

は【瘴魔化】と言われているんだ」

　さっきも国王が言っていたな。おじいちゃんが続ける。

「魔物は体内に瘴気を取り込むことで、とてつもなく強くなる。時には進化が起こるほどにね」

「もしかして混沌の森の影響？」

　トレックの西にある瘴気に満ちた禁区――混沌の森から何かしらの影響があるのだろうか。俺の考えは、おじいちゃんの言葉によって肯定される。

「そうだ。魔物を【瘴魔化】させるほどの瘴気は滅多に存在しない。だからこの付近で【瘴魔化】した魔物を見たら、混沌の森から出てきたと考えて間違いないんだ。そしてマンティコアほどの魔物が混沌の森から出てきているということに問題がある。混沌の森は結界で封じられているのは覚えてるね？」

「うん。大昔の英雄が瘴気を世界の四ヵ所に封じ込めた。その一つが混沌の森なんだよね？」

　これは何年か前に、おじいちゃんが読み聞かせてくれた絵本で知っていた。おじいちゃんは頷く。

「結界の外と中は断絶(だんぜつ)されている。実際には多少瘴気が漏れ出たり、弱い魔物が出てきたりしているけどね。でも今回出てきたのは弱い魔物じゃない」

「ドラゴンゾンビは出てきたことがあるんでしょ？」

俺はマーサおばあちゃんが自らを犠牲にして封じ込めた魔物の名前を出した。五十年前に例があるなら、たまにはあるんじゃないのか？

「そうだね。あの時は混沌の森の結界が一時的に弱まった可能性があるとしかわからなかったんだ」

「今回は違うの？」

「マテウス、調べたんだよね？」

おじいちゃんが話を振ると、マテウスさんが口を開く。

「混沌の森以外の瘴気封印の地三ヵ所について、最近の情報を調査した。その結果、ここ数年【瘴魔化】した魔物が出たり、瘴気が噴き出したりしているらしい」

それってつまり……

「おそらく瘴気の封印が弱まっている。今後マンティコアや、それ以上の魔物が混沌の森から出てくる可能性が高い。そして今すぐではないと思うが、いつか結界自体が消滅する可能性も視野に入れて行動しなければいけない」

マテウスさんの報告にみんなの顔が青ざめた。それはそうだ。

結界が消滅すれば、数えきれないほどの【瘴魔化】した魔物が出てくるかもしれない。

それ以前に溢れ出た瘴気に国が呑み込まれて、生きていくことすら困難になる可能性だってある。

「ライルはドラゴンを従魔にした。そして進化をもたらす力を持っているね。それは瘴気を封じた英雄様と同じ力なんだよ」

前にアーデがドラゴンについて、「世界の瘴気を封じた英雄が従えてたって話があるけど、御伽噺のレベルだぜ……」と言っていた。おじいちゃんが言っているのはそのことだろう。

おじいちゃんはさらに告げる。

「しかも僕らの村には『聖獣の主人となるもの、世界を渡り、百千の種の主人となりて悪しきものを滅す』という言い伝えがある」

おじいちゃんはその言い伝えが俺に当てはまっていると言いたいのだろう。確かに御伽噺や結界が弱まってることとあわせて考えると、まるで何者かが俺を英雄にしようとしていると感じてしまうほどに状況が揃っている。

「僕らは、ライルに英雄になってほしいわけじゃないし、このまま何もないのが一番だと思う。でももし何かあったら、ライルは今回のように飛び出していくよね？」

おじいちゃんの言葉に俺は頷いた。周りが心配しているとわかっていても、大切な人が危険にさらされるなら俺は行くだろうから。

「だから強くなってもらうしかないんだ。結局二年前と同じ話をしてるだけなんだけどね」

みんなは俺が戦うことを本当は望んでいない。

俺だって村でゆっくり暮らしたい。

だけど最初から戦うしか道がないように感じる。

なぁカムラ、そろそろ教えてくれないか？

そう思った時、視界が白い光に包まれた。


光が消えると、見覚えのある書斎に老人が座っていた。

「ライル、すまないのう。ずっと放置してしまって」

「四年ぶりだね、カムラ。俺の心の声がここまで届いたかな？」

そう言いながら俺が足元のアモンに目を向けると、隣にノクスがいた。

「えっ？　なんでノクスが……！　ていうか、なんでみんないるの？」

後ろを見てみると、ノクスどころかあの場にいた従魔がみんな来ていた。

「父上？　ここはどこだ？」

「ライル様、そちらの方は？」

シオウとエレインに聞かれるが、俺は答えられない。それは俺が転生者だとばらすことに……

「このおじいちゃんは、前に僕が話したカムラだよ」

……アモン、今なんて？

「あれが輪廻の神様か！」

「まさか俺も神様に会える日が来るとはなぁ」

「父上を間違えてチキュウにやった人だよね？」

アーデ、シリウス、アサギが普通に話についていっている。

俺は困惑しつつ尋ねる。

「なんでみんな知っているの？」

「以前アモン様が、ライル様との出会いの物語をみなに聞かせてくれましたので」

「い、いつ？」

「二ヵ月ほど前でしょうか？」

何事もないかのように俺の質問に答えるヴェルデ。

一体いつの間に……そういえばマンティコアと戦った時、アモンが俺を追いかけてきたみたいな話をヴェルデがしてた気がする。

「ねぇアモン、知ってるのって従魔のみんなだけ？」

「そりゃそうだよ、ライル。だって秘密にしてるでしょ？」

「うん……そうだね。ありがとう」

従魔のみんなにも秘密にしていたつもりだったんだけどな。

「みんな知ってたなら、言ってくれればよかったのに」

俺がそう言うと、アサギが答える。

「父上から聞くまでは黙ってるようにって、エレインが」

うん。アモンが口を滑らせてるって気付いて、気を使ってくれたのね。

「ふぉっふぉっふぉ。そろそろ儂も話に交ぜてもらえるかのぉ？」

割って入ってきたカムラに、俺は詫びる。

「ごめん。ちょっとびっくりしたから」

「よいよい。改めて、儂が輪廻の神カムラである。みなのことは知っているので自己紹介は不要じゃ。急に呼び出してすまなかった」

「なぁカムラ、単刀直入に聞くが、最初から俺に何かさせるつもりで転生させたのか？」

俺がつい先ほどまで感じていた、「誰かが俺を英雄に仕立てようとしている」という疑問を、率直にぶつけると、カムラはあっさり頷いた。

「そうじゃ。お主が察している通り、最初からこの世界の瘴気封印に力を貸してほしいと思っていた。そのために地球へ転生させていたのじゃ」

「なっ……地球に転生させたのは間違いじゃなかったのか？」

「あぁ。地球には魔力がほとんどない。その環境の中で魂の資質を磨いてもらうために、地球の神に協力してもらったのじゃ。転生先が島だったのも、自然の気に恵まれた場所だったからじゃな」

じゃあ俺が島に生まれて死んだのも、もしかしてアモンと出会ったのも……

「勘違いしてほしくないが、まず前世でお主が死んだのは本当に予定外じゃった。もちろん最終的には死ぬのじゃが、お主の生命力でさらにあの島のエネルギーを得ていたら、かなり長生きできたはずじゃった。もちろんアモンが世界の壁を越えたのも想定外じゃ。これは幸運な想定外だったがのぉ」

「どういう意味だ？」

俺が尋ねると、カムラはその理由を告げる。

「お主は早くにこちらの世界に転生したため、想定より成長しておらず力が不足していた。じゃがアモンが一緒にいることでその不足を補えている。さらにお主とアモンの絆によって、お主に【共生】というユニークスキルが生まれた」

これ以上強くしてから転生させるって、どれだけ化け物にする予定だったんだよ。

「でも俺が生まれるのがもっと先だったら、このタイミングで結界が弱まるのはまずかったんじゃないか？」

「結界は元々弱まっていたんじゃ。それを我々でなんとかしてきた。さらに言えば、結界がここ数年で急激に弱まったのはお主の影響なんじゃ」

それって俺のせいってこと？

「お主のせいではない。お主は結界を封印した者に魂が似ているのじゃ。じゃからお主が転生すれば結界内の瘴気が反応し、結界に負担がかかることは想定されていた」

「あとどれくらい結界は持つんだ？」

「残念じゃが断言はできない。今も混沌の森の結界はガルたちが、他の封印の地でも各々の神が対応している。百年持ってくれればいいが……」

カムラの言い方から、きっと百年というのは希望的観測だろう。

「俺はどうしたらいい？　もうゆっくりさせてはもらえないんだろう？」

「トレックでのんびりというのは難しいな。すまぬな、普通の人生を送らせてやれず……」

「いいよ。俺はみんながいて幸せだし」

「そうか……ひとまずはシャリアスやハンスたちが、お主が強くなるための道を示してくれるはずだ。その通りにすればよい」

「わかった」

できることをやり続けるしかないか。そう思っていると、カムラがなおも言う。

「それからな、世界を背負わせるようなことを言っておいてなんじゃが、そこまで気を張らなくてよい。森の民の戦士、冒険者、王都の騎士だって鍛錬をしながら生活を楽しんでおるだろう？　それと同じじゃ。お主は強いから少し人より敵が大きいだけじゃ」

大きいってレベルの話じゃない気がするが……

「お主は普通にしていれば強くなる。お主の普通はそもそも規格外じゃからのぉ。だから普段の生活を楽しめ。好きな相手ができれば家庭だって作ればいいし、家族や仲間と旅行だって行けばいい」

「そんなことでいいのか？」

「いいのじゃよ。使命を知れば、お主が生活を楽しめなくなると思って今まで伝えなかったのじゃ。よいか、絶対に使命のためだけに力を求めてはならぬぞ」

そんなことに気を使っていたのか。確かに今までは気楽だったかもな。

「ライルが根を詰めすぎて、無理をしている時は、みなでサポートしてやってくれ」

カムラがそう締めると、従魔のみんなは当たり前だと返事をしてくれた。それを見て、今まで通りみんながいれば大丈夫だと思えた。

その後、ちょっといろいろあって、俺はある人から伝言を預かり元の世界に戻ることになった。

この伝言はすごいぞ……これを聞いたらおじいちゃんたちはどんな顔をするのだろう。

俺は元の世界に戻ってきた。こっちの時間は進んでいないため、おじいちゃんたちには俺がカムラの空間に行っていたことはわからない。

俺はもう村にいては強くなれないって話の途中だったな。

「おじいちゃん、僕はどうすれば強くなれる？」

「王立学園に入学するのがいいと思ってるんだ」

おじいちゃんの答えに俺は首を傾げる。学校？　そんなところで強くなれるのか？

俺の疑問を感じ取ったのか、マテウスさんが言う。

「はっきり言って王立学園レベルでも、ライルくんが普通の授業から学べることは少ないと思う。でもメリットはいくつかあるんだ。一つは、特待生になれば王立図書館への入館が許されること。高度な魔法書を読めるようになるし、過去の研究資料なんかも一部閲覧できる。成績次第では在学中に魔法研究所への立ち入りが認められるケースもあるんだ」

確かにそのメリットは大きい。俺は【水の賢者】なんて大層な称号がついてはいるが、単純な知識量はまだまだ足りていない。

「そしてもう一つの利点は冒険者登録が認められることだ。本来冒険者になれるのは十歳からと決まっているが、学園で冒険科を選択すれば入学時から冒険者登録して依頼を受けることができる」

「僕は冒険者になった方がいいんですか？」

この質問にはおじいちゃんが答えた。

「ライルが強くなるには実戦の積み重ねが一番だと思うんだ。それも色んな場所で色んなタイプの相手と戦うことがね。この森にいては森の魔物としか戦えないだろう？　それにライルは森を傷つけないために、強い魔法を使わないようにしている」

みんなが大切にしている森だから、不必要に破壊したくないと思っていたが、おじいちゃんは気付いていたんだ。

「だから冒険者になることは、ライルにうってつけの鍛錬だと思うんだ。依頼をこなすことは人の役にも立つしね」

確かに今の俺が強くなるための行動として、理にかなっていると思う。だけど……

「僕が王都に行ったら森の管理はどうするの？　従魔のみんなを置いて僕だけ行くってこと？」

「えっ……ライルと離ればなれ……」

「僕、また一緒にいられないの？」

アモンとノクスが悲しげな声を出した。

「そこをみんなと話し合いたいと思ってね。王都からではエレインの力で転移することもできな――」

「できます！」

エレインがおじいちゃんの言葉を遮った。

みんながエレインを見る。でも、エレインの転移には条件があったはず。

俺はその条件について尋ねる。

「王都にこの森と同じ水源なんかないよね？」

「ありません。ですが、私はいつかこういう日が来ることを予想してました。こちらをご覧ください」

エレインはそう言って、どこからともなく一メートルほどの大きさのクリスタルのようなものを取り出した。

「私の【湖の乙女】は、同じ水源の水であれば桶に張った水でも移動可能です。しかし、流れのない水というものはすぐに腐ってしまうため、汲んだ水を王都に持っていって移動することは難しい。それが最大の難関でした」

それはそうだ。そんなことができるなら、聖獣の祠の湖を経由しなくても家に桶を置いて移動すればよかったんだから。

そう思っていると、エレインは得意げにクリスタルらしき物体をみんなに見せつける。

「その問題を解決したのがこちらです。これはアサギのユニークスキル【絶対零度】を用いて凍らせた湖の水です。アサギが解除しない限り、自然に溶けることはありません」

みんなの視線がアサギに向くと、彼女は胸を張っていた。自分の能力が役に立っているのが嬉しいのだろう。エレインが続ける。

「さらに念のため、ノクスの【拒絶の魔鏡】の力をアーデが付与した特製品です。この氷を王都に設置すれば、トレック、王都間を自由に転移できるようになります」

「じゃあ、お家から通える――」

「それはダメよ」

アモンが喜びかけた時、母さんが待ったをかけた。

「ライル、あなたは今後、世界中どこに行くにもトレックから通うつもり？　王都以外のところから学園に入学する子どもたちは、みんな親元を離れて生活するのよ。私はエレインの力をズルだなんて思わないけど、それでも毎日家から通うのは賛成できないわ。強くなるっていうのは単純に力をつけるだけじゃないはずだからね」

「そんなつもりはないよ。ノクスが修業に行った時に思ったんだ。僕も強くなるためには外に出なくちゃいけないのかもしれないって。だから王都に住もうと考えてた」

「ちゃんとわかっていたのね。ごめんなさい」

母さんは俺がアモンと同じ考えだと思ったのだろうが、俺ははなから村を離れるつもりでいたのでそこは問題ない。でも……

「それと聖獣の森の管理とは別だよ。いつでも戻ってこられるからって、僕が従魔を全員王都に連れていったら大変でしょ？」

「それは困っちゃうね……」

フィリップ伯父さんが苦笑いで言うと、ヴェルデが口を開く。

「基本的には今までの体制が良いと思います。銀狼たちに森を見てもらって、スイに聖獣の祠の守護をお願いする。何かあればエレインの力でライル様に来ていただく。これでどうでしょう？　アモン様とノクスに関しては、ライル様のおそばがいいと思います」

「聖獣であるアモンが森にいなくてもいいのか？」

伯父さんが尋ねると、ヴェルデは頷いた。

「アモン様の力はライル様、そして森に残る従魔たちを通して、森に流れますので大丈夫です。むしろライル様とアモン様はある程度近くにいた方が、森を巡る気が安定します」

「うん、ライルのそばがいいね！」

「そうそう！」

ヴェルデの提案にアモンとノクスは満足そうだ。

「あの！　俺とアサギからもいいか？」

シオウが手を挙げた。

「父上と同じ学園に俺たちも入学することはできないか？」

「私たちはドラゴンであることを隠さなきゃいけないから、従魔として出歩くことはできないでしょう？」

珍しいドラゴンであるシオウとアサギが外に出るならば、人のふりをしてもらう必要があるが、それならいっそのこと一緒に学園に入ってしまった方が何かと都合がいい。

マテウスさんが考えるように目を閉じた。

「入試時にステータスボードを確認されるから、それは難し……いや、招待制度を使えばいけるか」

「招待制度ってなんだい？　推薦とは違うのかい？」

おじいちゃんがマテウスさんに聞くと、彼は頷いて説明する。

「もうずっと使ってない制度なんだけど、王家が身分を保証して入試を受けさせる制度なんだ。昔は他国からの亡命者や身分を公にできない子どもを入学させるために使っていた」

「そんな制度で入学したら、面倒くさいことになるんじゃないかい？」

「受付の担当を俺の息のかかった者にするから大丈夫だよ。それに入学さえできてしまえば、冒険者登録時の年齢確認は必要ない」

マテウスさんは悪い顔で笑ったが、シオウとアサギはそれに気付く様子もなく喜んだ。

「じゃあ俺たちも父上と一緒にいられるんだな？」

「よかったー」

シオウとアサギの問題が解決したところで、その他の従魔については後日ゆっくり話し合おうということになった。

王都での生活スタイルが定まってからじゃないと、決めようがないからね。

「じゃあ、僕は来年から王都に行くってことでいいんだね？」

確認のため俺が問うと、おじいちゃんは頷く。

「そうだね。屋敷の手配とか王都で生活するための準備が必要だから、学園の入学時期よりも少し早めに行くことになると思うよ」

「屋敷に住むの？」

「寮（りょう）の子の方が多いんだけどね……ライルは従魔がいるし、エレインのクリスタルを設置しないといけないから、屋敷がいいと思うよ」

「住居は儂が用意するから安心しなさい」

おじいちゃんのあとに国王が言った。国のトップが用意する家か……あんまり派手じゃないといいけど。

「ライル、王都で困った時は俺たちが力になるからな」

アスラがどんと胸を叩いた。そうか、彼ら『鋼鉄の牛車』は王都を拠点にする冒険者パーティだもんな。

「アスラはライルを本当に可愛いがっているわねぇ」

「おい、アスラ！　ライルは俺の天使だぞ！」

母さんがアスラをからかい、父さんが声を上げる。父さん、それ恥ずかしいから、そろそろやめてくれないかな。

「さて、だいたい話はまとまったし、明日のパーティーに備えて休もうか」

おじいちゃんの言葉を合図に、話し合いは終わった。


「どうしたの？　家族に話って？」

国王たちがそれぞれの宿に戻ったあと、俺は母さん、父さん、おじいちゃん、フィリップ伯父さんに集まってもらった。エレインとヴェルデは同席しているが、アモンも含め他の従魔はいない。

「みんなが集まっているうちに話したいことがあるんだ。実はさっきの話し合いの途中に、神託があった」

「神託だって⁉」

おじいちゃんが変な声を上げた。他のみんなも驚きの表情を浮かべている。

「聖女じゃないのに直接神託を受けたのかい？」

一つ咳払いをして尋ねてきたおじいちゃんに、俺は頷いて答える。

「うん。ちょっと呼ばれたんだ」

「もしかして声だけじゃなくて直接会っているのか？　しかもその言い方だと初めてじゃないね？」

「アモンと契約した時にも会ったよ」

これ以上驚かせるのもなんだし、前世の記憶があるということはやっぱりまだ言わないでおこう。

おじいちゃんがさらに聞いてくる。

「神様からはなんて言われたの？」

「力を借りなきゃいけなくなった時のために、強くなってほしい。そのために、おじいちゃんたちの言うことを聞いて頑張れって。あと今はそんなに気を張らずに生活すればいいって。あと、みんなに伝言を預かってきたんだ。マーサおばあちゃんから……」

俺が最後に出した名前を聞いてみんなが言葉を失う中、おじいちゃんが声を震わせながら言う。

「……マーサに会ったのかい？」

「うん」

カムラの空間で彼と話していた時のこと――

「実はな、お主に会わせたいやつがおるのだ」

カムラがそう言うと、どこからともなく亜麻色（あまいろ）の髪をした女性が現れた。見た目は今の俺より少し上くらいの歳だろうか。

「マーサっ！」

その場にいたエレインが声を上げて女性に駆け寄る。マーサって……まさか……

「エレインもヴェルデも元気そうね。今はライルのそばについているんでしょう？　ありがとう」

「君の孫で聖獣様の主人だ。僕らが仕えるのは当然さ。それだけの力もある」

ヴェルデは冷静だが、いつもより口調が砕けて声に懐かしさがにじんでいた。エレインもヴェルデもマーサおばあちゃんを知っていたのか。

「あなたこそ……元気そうな顔して……死んでしまったというのに……」

エレインが目に涙を浮かべて言うと、マーサおばあちゃんは優しく微笑んだ。

「人間が死ぬのは当たり前よ。聖女と言ったって、エルフや精霊ほど長生きできないもの」

「わかっているわよ……でもあんなに早く逝くことなかったじゃない……」

「そうね。だけどそれも私が選んだことよ」

「ええ、そうね……」

エレインが涙を流しながらこちらを振り返った。

「ライル様、申し訳ございません。つい……」

「いいんだ、エレイン。マーサおばあちゃんだよね？」

「ええ、私があなたのおばあちゃんよ。初めまして」

おばあちゃんと呼ぶには違和感を覚えるほど、マーサおばあちゃんは幼く見える。

「私の見た目が幼いから驚いているのでしょう？」

「う、うん」

「私は十歳の時に聖女の力に目覚めてね、それから体が年を取らなくなったのよ。といっても、三十年も生きなかったけどね」

なるほど、聖女になると外見（がいけん）も若く保たれるのか。

「マーサおばあちゃんは、ドラゴンゾンビの瘴気を浄化したんでしょ？」

「そうよ。ちょっと力不足で、命まで使わなきゃいけなくなっちゃったの」

本人はあっけらかんとしている。孫の俺に気を使っているのだろうか。とはいえ、せっかく会ったのに辛かった話をさせるのも気が引けるので、俺は話題を変える。

「おばあちゃんはどうしてここにいるの？」

「あの事件はシャリアスたちと王家が秘密にしてくれたけど、なぜか王都では歌になるほど有名になっちゃったでしょう。実話とは知られていないけど、御伽噺の主人公みたいな存在になっちゃったからね。それなりの神格を得たのよ。それで少しお手伝いさせてもらってるの」

俺の転生後、カムラの相談にも乗っていたらしく、アモンのことをしばらく内緒にするように言ったのもおばあちゃんだったらしい。

「そうだったんだ……僕ももちろんだけど、みんな、おばあちゃんに会いたがっていると思うよ」

「そうね……」

おばあちゃんは寂しそうな顔をした。

「でも、死んだら会えなくなるのは当たり前よ。あなたが特別なだけ。だから伝言をお願いするわ。本当は伝言もどうかと思うけど、カムラ様がいいって言うから」

「シャリアスたちにはライルのことでいろいろなものを背負わせているからのぉ。儂の自己満足かもしれんが、力になりたいのじゃ」

カムラが頭をかきながらそう言った。

「わかった。僕から伝えるよ」

家族への伝言を告げたあと、おばあちゃんは付け加える。

「それからこれはライルへの言葉よ。あなたの心は前世の夏目蓮としての記憶から成り立っていると思っているかもしれないけど、それは違うわ。確かに心を形成するうえで記憶は重要。でも、それだけじゃない。あなたはシャリアスに似たから優しい。行動力があるのは、私やリナに似たのかもね。きっと考えてることが顔に出るのはヒューゴの性格よ。まあ、私はヒューゴに直接会ったことはないけど。とにかく、体だけじゃなくて心もちゃんと家族から引き継いでるわ。あなたは正真正銘（しょうしんしょうめい）、私たちの家族よ」

おばあちゃんはそう言って俺を抱きしめた。

「あなたは、転生者であることを隠してみんなを騙してるんじゃないか、なんて思ってはいけない。別にあなたに前世の記憶があるかどうかは関係ないのよ。あなたが真実を言おうが言うまいが、私たちは変わらずあなたを愛している」

そうか、俺の悩みはおばあちゃんにはお見通しだったか……

俺は自分が涙を流していることに気付いた。

「少しは聖女に癒されたかしら？」

おばあちゃんは優しい顔で笑った。


それから少しして——

「じゃあね。また会えるかもしれないけど、私もガル様と瘴気の対応をしているの。基本的には別の世界の者だからね。それぞれの場所で頑張りましょう」

おばあちゃんの言葉に、俺は頷く。

「うん。僕もできることをするよ」

「いつも見守っているわ。エレイン、ヴェルデ、それに従魔のみなさんもライルをよろしくお願いしますね」

「ええ、わかったわ」

「僕も全力を尽くすよ」

エレインとヴェルデに続いて、他の従魔のみんなも返事をした。

俺は自分の転生に関わる部分を省いて、おじいちゃんたちにマーサおばあちゃんの話をした。

「エレインとヴェルデはマーサと知り合いだったんだね？」

おじいちゃんが尋ねると、エレインとヴェルデは頷いて答える。

「ええ。マーサは三歳の時に聖獣様の祠に挨拶に来た際、私たちの存在に気が付いたんです。それから家族の目を盗んでは遊びに来るようになってしまって」

「最初は大変でした。魔物と戦う力もないのに森に入ってきてしまうんですから。あの子が森に入る度に私たちが助けに行かなくてはならなかったんですよ。でもあの子は注意しても来てしまうんです。村に友達がいないからと言ってね。最後は私たちも根負けしてしまい、いつの間にか友達になっていました」

エレインとヴェルデは懐かしそうに話した。

「おばあちゃんはトレックの出身だったんだね」

「そうよ、ライル。トレックに住もうと思ったのは、それがきっかけなの。『瞬刻の刃』を解散してから、一度母さんの故郷を見てみたいと思ってヒューゴと訪ねたのよ」

「いいところだから俺も気に入ってね。ちょうどライルを授かったタイミングと重なって、そのまま住むことにしたんだ」

それは俺が初めて聞く話だった。

「僕はマーサが十九歳の時にたまたまトレックを訪れて彼女に出会った。最初は子どもだと思ってたんだけど、仲良くなってから実は聖女だということを教えてくれてね。まぁいろいろあってプロポーズしたわけさ」

おじいちゃんが恥ずかしそうに言った。「いろいろ」の部分に興味がないわけではないが、そこは二人だけの思い出なんだろうし、聞かないでおく。

そこで、おじいちゃんは身を乗り出す。

「ライル、マーサからの伝言を教えてもらってもいいかな？」

そうだった。思い出話でつい忘れてしまうところだった。

「えっとね、お母さんには『冒険者としても立派だったしお医者さんとしても優秀だけど、何よりもいいお母さんになってくれて嬉しい。私みたいに子どもを置いていってはダメよ』と言ってたよ。お父さんには『リナと結婚してくれてありがとう。これからもそばにいてあげてね』って」

それを聞いて泣き崩れる母さんの肩を父さんが抱いた。

「フィリップ伯父さんには、『ジジバカな父親のせいで苦労しているみたいだけど、あなたもちゃんと息抜きしなさいね。自分が無理をすればいいなんて思う必要はないし、人に頼ったっていいのよ』って言っていたよ」

伯父さんも俯いて震えている。

「おじいちゃんには、『あなたは立派だから、ちゃんと頑張れば私と同じところに来られるかもしれないわ。だから家族を大事にして、最後までしっかり生きなさい』だって」

おじいちゃんは涙を流しながら頷いている。

「最後に『ちょっと早く死んじゃってみんなには悪かったけど、私は十分幸せだったたからいつまでも悲しまないでほしい。私はもうどこも痛くないし辛くない。ちゃんと見ているから頑張れ』って、そう言っていたよ」

俺が伝言を言い終えたあと少しの間、家族の泣く声だけが静かに続いた。


それからややあって——

「ありがとう、ライル。僕はまだまだ頑張らないといけないみたいだね」

「あぁ、止まっていた何かが動くような気がする」

「そうね。母さんが見ているなら私ももっと立派な母親にならないと」

「父親だってそうさ」

おじいちゃん、フィリップ伯父さん、母さん、父さんが力強く立ち上がる。

俺だって頑張る理由が増えた。

俺はおばあちゃんが守った、そして今も見守っているこの世界を守るために、もっと強くならなければと決意を新たにし、みんなと頷き合うのだった。

あとがき

皆様はじめまして。作者の夏柿シンです。

この度は文庫版『異世界じゃスローライフはままならない1 ～聖獣の主人は島育ち～』をお手に取っていただき、ありがとうございます。

この作品は命を落として異世界に転生する主人公ライルを、愛犬アモンが追いかけるところから物語が始まります。実は当初は、アモンもライルと一緒に転生する展開で考えておりました。

それがなぜ変わったかというと、私の実際の愛犬の存在がありました。その愛犬と重なるアモンをフィクションだとしても、死なせることがどうしてもできなかったのです。

そもそも私が筆を取ったのは、迎えたばかりの愛犬が体調を大きく崩したことがきっかけで、その時に感じた不安と無力さを整理することが執筆の目的でした。

それが読者の皆様の応援と、関係者の方のご尽力のおかげでこのような書籍という形に実を結ぶことができたのは本当に感無量でございます。鈴穂ほたる先生にも素晴らしいイラストを描いていただきました。それもこれも愛犬が導いてくれた奇跡的な出会いなのだと、親バカながら思っております。

親バカといえば、アモンやライル以外にもこの作品には、たくさんのキャラクターが出てきます。愛に溢れるライルの家族、カーバンクルに精霊、銀狼など個性豊かな従魔たち、少し気の抜けた王家。作者でありながらも、私は彼らが本当に大好きなんですよね。

ですので、ライルとアモンの冒険を通して、皆様がお気に入りのキャラクターと出会っていただけたら、それだけで嬉しいです。

本作は有難いことにコミカライズもされております。小説ではお届けしきれていないキャラクターたちの豊かな表情が、ひなた丸だいや先生の手によって魅力的に描かれていますので、ぜひそちらもご覧ください。

次巻ではライルとアモンはさらに広い世界に飛び出て、新しい出会いにも恵まれます。引き続き彼らの冒険を応援していただければ幸いです。

それではまた、皆様とお会いできることを祈って。

二〇二四年七月　夏柿シン

ネットで人気爆発作品が続々文庫化！

アルファライト文庫 大好評発売中!!

転生して付与された〈錬金術師〉〈支援魔術師〉は
異世界最弱職!?
でも待てよ、この職業……
育成次第で最強になれるかも!?

不遇職とバカにされましたが、実際はそれほど悪くありません？ 1～6

1～6巻 好評発売中！

カタナヅキ KATANADUKI illustration しゅがお

もふもふを仲間にし、オリジナル技を考案！
不遇職の俺、意外と異世界生活を満喫中!?

0歳の赤ちゃんの状態で異世界転生することになった青年、レイト。王家の跡取りとして生を受けた彼だったが、生まれながらにして持っていた職業「支援魔術師」「錬金術師」が異世界最弱の不遇職だったため、追放されることになってしまう。そんな逆境にもめげず、鍛錬を重ねる日々を送る中で、彼はある事実に気付く……。最弱職からの異世界逆転ファンタジー、待望の文庫化！

文庫判 6巻：定価770円（10%税込）/1巻～5巻：定価671円（10%税込）

アルファライト文庫

この作品に対する皆様のご意見・ご感想をお待ちしております。

おハガキ・お手紙は以下の宛先にお送りください。

【宛先】

〒150-6019 東京都渋谷区恵比寿 4-20-3 恵比寿ｶﾞｰﾃﾞﾝﾌﾟﾚｲｽﾀﾜｰ 19F
（株）アルファポリス　書籍感想係

メールフォームでのご意見・ご感想は右のＱＲコードから、
あるいは以下のワードで検索をかけてください。

アルファポリス　書籍の感想　検索

ご感想はこちらから

本書は、2022 年 4 月当社より単行本として
刊行されたものを文庫化したものです。

異世界じゃスローライフはままならない 1
～聖獣の主人は島育ち～

夏柿シン（なつがきしん）

2024年 7月 31日初版発行

文庫編集－中野大樹／宮田可南子
編集長－太田鉄平
発行者－梶本雄介
発行所－株式会社アルファポリス
〒150-6019東京都渋谷区恵比寿4-20-3恵比寿ガーデンプレイスタワー19F
TEL 03-6277-1601（営業） 03-6277-1602（編集）
URL https://www.alphapolis.co.jp/
発売元－株式会社星雲社（共同出版社・流通責任出版社）
〒112-0005東京都文京区水道1-3-30
TEL 03-3868-3275
装丁・本文イラスト－鈴穂ほたる
文庫デザイン―AFTERGLOW
（レーベルフォーマットデザイン－ansyyqdesign）
印刷－中央精版印刷株式会社

価格はカバーに表示されてあります。

落丁乱丁の場合はアルファポリスまでご連絡ください。

送料は小社負担でお取り替えします。


ISBN978-4-434-34163-2 C0193